Éditions TYPO
Groupe Ville-Marie Littérature inc.
Une société de Québecor Média
1010, rue de La Gauchetière Est
Montréal (Québec) H2L 2N5
Tél. : 514 523-1182
Téléc. : 514 282-7530
Courriel : vml@groupevml.com

Vice-président à l'édition : Martin Balthazar

Éditeur : Stéphane Berthomet

Catalogage avant publication de Bibliothèque et Archives nationales du Québec et Bibliothèque et Archives Canada

Farhoud, Abla, 1945-
Le sourire de la petite juive : roman
Publ. à l'origine dans la coll.: Collection Fictions. Montréal : VLB, 2011.
ISBN 978-2-89295-377-0
I. Titre.
PS8561.A687S68 2012 C843'.54 C2012-941447-6
PS9561.A687S68 2012

DISTRIBUTEUR

• Pour le Québec, le Canada
et les États-Unis :
LES MESSAGERIES ADP*
2315, rue de la Province
Longueuil, Québec J4G 1G4
Tél. : 450 640-1237
Téléc. : 450 674-6237
*filiale du Groupe Sogides inc.,
filiale de Québecor Média inc.

Pour en savoir davantage sur nos publications,
visitez notre site: editionstypo.com
Autres sites à visiter: editionsvlb.com • editionshexagone.com

Édition originale :
Abla Farhoud, *Le sourire de la petite juive*,
Montréal, VLB éditeur, 2011.

Dépôt légal : 3e trimestre 2012
Bibliothèque et Archives nationales du Québec
Bibliothèque et Archives Canada

Deuxième édition :

ISBN 2-89295-377-0

LE SOURIRE DE LA PETITE JUIVE

DE LA MÊME AUTEURE

THÉÂTRE

Les filles du 5-10-15 ¢, théâtre, Carnières, Lansman, 1993 (prix Arletty, France, 1993).

Quand j'étais grande, théâtre, Solignac, Le bruit des autres, 1994.

Jeux de patience, théâtre, Montréal, VLB éditeur, coll. « Théâtre », 1997.

Quand le vautour danse, théâtre, Carnières, Lansman, 1997.

Maudite machine, théâtre, Trois-Pistoles, Éditions Trois-Pistoles, 1999.

Les rues de l'alligator, théâtre, Montréal, VLB éditeur, 2003.

ROMAN

Le bonheur a la queue glissante, roman, Montréal, l'Hexagone, coll. « Fictions », 1998 (prix France-Québec – Philippe Rossillon); Montréal, Typo, 2004.

Splendide solitude, roman, Montréal, l'Hexagone, coll. « Fictions », 2001.

Le fou d'Omar, Montréal, VLB éditeur, coll. « Fictions », 2005 (Prix du roman francophone, France, 2006).

ABLA FARHOUD

Le sourire de la petite juive

roman

TYPO
Une société de Québecor Média

TYPO bénéficie du soutien de la Société de développement des entreprises culturelles du Québec (SODEC) pour son programme d'édition.

Gouvernement du Québec - Programme de crédit d'impôt pour l'édition de livres - Gestion SODEC.

Nous reconnaissons l'aide financière du gouvernement du Canada par l'entremise du Fonds du livre du Canada pour nos activités d'édition.

Nous remercions le Conseil des Arts du Canada de l'aide accordée à notre programme de publication.

Veuillez noter que ceci est une œuvre de fiction. Si certaines personnes de la rue Hutchison se reconnaissent et se sentent offensées, toutes mes excuses. Si d'autres se reconnaissent et se sentent flattées, j'en suis ravie. Bien entendu, j'ai changé tous les noms. Je suis heureuse de reconnaître ma dette envers les résidants de la rue Hutchison.

A. F.

Le récit renonce à *la* vérité. La vérité
du récit réside dans sa capacité de faire sens.
Il s'offre ainsi comme le moyen privilégié,
parce que le plus libre, le moins censuré,
de notre rapport au monde.

THIERRY HENTSCH
Raconter et mourir

Que viens-tu faire dans les secrets de Dieu ?

VICTOR MALKA
Proverbes de la sagesse juive
(Brakhot 10 a)

Prologue

Cette nuit, j'ai rêvé que j'avais autant d'enfants que de livres. Ou plutôt que mes livres étaient mes enfants en chair et en os. Je les regardais, alignés, bien sages, en ordre, du plus vieux au petit dernier, sur une rangée de ma bibliothèque. Mon lit était installé dans mon bureau, je ne sais pourquoi. Lit immense dans une immense pièce à la grandeur de mon appartement, et vide, à part la bibliothèque remplie à craquer, plaquée sur trois murs. Le quatrième mur était découpé par quatre fenêtres géantes qui allaient du plafond jusqu'au sol.

Une magnifique clarté provenait de la rue, même si je savais que c'était la nuit. J'étais allongée dans mon énorme lit, et j'appelais: « Mes enfants, j'ai soif, je voudrais un verre d'eau. J'ai soif, mes enfants, je veux de l'eau. » Personne ne venait. « Pro-gé-ni-tu-re de papier » que je répétais avec une émotion qu'il m'est difficile de décrire... fatalité, chagrins, choix, destin, tout ce qu'on perd et ce qu'on gagne, et la mort au bout... tout cela entremêlé...

Je me suis réveillée, assoiffée, avec ces trois mots que je me répétais à haute voix pour ne pas les oublier. Sur mon calepin, je me suis dépêchée d'écrire « progéniture de papier », en me demandant si je regrettais de ne pas avoir eu d'enfants, et d'avoir tout mis dans l'écriture. Tout. Mon âme, mon corps, ma vie. Tout. Mes amis, mes amours, les enfants que j'aurais pu avoir, tout est passé APRÈS ce désir inextinguible : écrire, écrire, écrire et encore écrire. Dans mon cœur, dans ma tête, il n'y avait de place que pour ma progéniture de papier.

Est-ce qu'une chose – un métier, une carrière, un amour, une passion, un lieu ou un Dieu – vaut la peine qu'on lui consacre l'entièreté d'une vie ?

Je pense à moi et aux hassidim. *Khosid*, *khassid*, *hossid* ou *hassid*, en hébreu, signifie un pieux, et *hassidim*, les pieux. Toute leur vie est vouée à Dieu. Leur moindre geste est régi par la présence de Hashem. Tout est en fonction de ce Dieu sans nom : Hashem.

Mon Hashem à moi, depuis l'âge de 25 ans, c'est l'écriture. Copier, coller, remplacer simplement Hashem par écriture.

On dit que les juifs, et les hassidim plus particulièrement, ont une « patrie portative », qui est la Torah. La mienne, non moins portative, gouverne ma vie, mes moindres gestes et toutes mes pensées.

Je repense au dicton populaire : ne mets pas tous tes yeux dans le même panier… En écrivant, j'ai fait un lapsus. Tes yeux, au lieu de tes œufs. Et c'est vrai que mes yeux ont toujours été tournés vers le même panier, panier sans fond et sans fin, à la recherche d'une image, d'un mot qui deviendra une phrase, un paragraphe, une page, un chapitre, un livre.

Ma soif de dire, de raconter, de chercher, de comprendre, de trouver, n'a jamais été assouvie. Il me semble que je passe toujours à côté de l'essentiel. Et je recommence un autre livre en espérant y toucher, ne sachant quel est le visage de l'essentiel ni comment le nommer.

Peut-être que tout n'est pas perdu. Dans mon rêve, il y avait quatre grandes fenêtres et beaucoup de lumière. Les fenêtres donnaient sur la rue Hutchison. Je me souviens maintenant du bruit de la rue… et de la lumière qui me venait du dehors… Une lumière si belle…

Côté Mile End

Le journal de Hinda Rochel

Bonjour mon journal

Ça fait longtemps que je n'ai pas écrit parce que je ne suis jamais seule à la maison. Mes frères les plus jeunes jouent dans la cour arrière, le bébé dort, et mon grand frère et mon père ne sont pas encore rentrés. Je sens que je vais pleurer si je ne peux parler à personne. Heureusement, j'ai mon journal. Ma mère est partie acheter un chaudron pour la viande. Par ma faute, ma mère a jeté tout ce qu'il y avait dans le chaudron et le chaudron aussi parce que je l'avais contaminé en mettant du beurre au lieu de la margarine. Quand j'ai vu ma bêtise, mon Dieu, quelle horreur, c'était vraiment par distraction, que Dieu me pardonne, j'ai fait semblant de rien, j'ai continué à brasser le bœuf émincé comme maman me l'avait demandé. J'ai ouvert toutes les fenêtres et la porte de la cuisine. Et je priais pour que personne ne s'en aperçoive. Parce qu'on n'a pas beaucoup d'argent. Jeter un beau chaudron avec un fond épais, avec toute la bonne viande qu'il y avait dedans et les bons légumes, et la cuiller en acier pour remuer, c'est du gaspillage. Mais l'odeur du beurre sur la viande est arrivée malgré mes prières jusqu'au nez de maman. Elle était dans la chambre de mes frères en avant de la maison en train de s'occuper du bébé qui pleurait. Elle a senti le mélange défendu. Les autres gens auraient trouvé cela bon. Moi aussi, si j'avais été élevée par des goys. Mais c'est ça le problème. Nous, on n'est pas habitués. Parfois, surtout l'été quand les fenêtres sont ouvertes, je reconnais ce même mélange qui vient de chez nos voisins. Et je n'aime pas ça. Mais je priais quand même en espérant que ça passe inaperçu. Ma mère a couru avec mon petit frère dans les bras et m'a crié : « Oy veh ! Oy veh ! Qu'est-ce que tu fais là, malheureuse, que Hashem te pardonne, tu as contaminé mon chaudron, notre meilleur chaudron et le seul assez grand pour vous nourrir tous. » Oy veh ! Oy veh ! *J'aime pas ces mots-là. J'aurais voulu lui dire que Dieu comprendra et laissera passer le sacrilège pour une fois puisqu'Il sait que je ne l'ai pas fait exprès, que je suis encore une enfant. On pardonne parfois aux enfants des choses qu'on ne pardonne pas aux grands. Mais avec ma mère, on ne plaisante pas avec les règles. On ne mélange pas les laitages et la viande. Un point c'est tout. Jamais. S'il fallait choisir entre manger de la nourriture contaminée ou mourir, je suis sûre que ma mère choisirait de mourir. Ça me surprend, ma mère ne m'a pas disputée beaucoup. «* Oy veh ! Oy veh ! *» C'est normal quand elle est fâchée. Pas de punition, elle a juste dit : « Occupe-toi de ton petit frère, je vais aller acheter un chaudron et quand il dormira, épluche tous les légumes qui restent. » Moishi s'est endormi vite, j'étais contente. Tout de suite j'ai commencé à écrire. Et quand je commence à écrire, j'oublie tout.*

Françoise Camirand

Elle venait d'une famille moyenne, ni riche ni pauvre, sans drames connus ni histoires rocambolesques, une famille comme il y en avait des centaines à Duvernay, où elle était née. Tout était prévu, convenu et stable. En somme, tout ce qu'il faut pour que la vie d'une petite fille vive, intelligente et curieuse soit un tantinet monotone, ou plate, c'est selon. Le père travaillait au pénitencier de Saint-Vincent-de-Paul depuis toujours, et la mère s'occupait des enfants et de la maison, qu'elle gardait propre et ordonnée, sans fantaisie ni coloriages parce que c'est salissant. Si *spic 'n span* la maison, comme on disait à l'époque, qu'on pouvait manger à même le plancher, sauf qu'on ne mangeait qu'assis bien droit, à table, avec serviette autour du cou ou sur les genoux, sans jamais d'histoires à raconter, des blagues encore moins, des rires nerveux, parfois. À mourir d'ennui. Deux garçons dans une chambre, deux filles dans l'autre et la grande chambre pour les parents. Une pelouse d'un vert surnaturel en avant, une petite cour arrière aussi impeccable que la maison, sans jouets à la traîne ni balançoire. Françoise était née la troisième, suivie d'une sœur, moins d'un an plus jeune qu'elle, et toujours sur ses talons.

L'année de sa naissance, un grand changement s'opéra chez les Camirand : la télévision. Ce gros meuble étincelant trônait au beau milieu du salon, et la vie de chacun des membres de la famille s'en trouva transformée. Le mot « divertissement » prend ici tout son sens. Parce qu'à part la fameuse semaine par année à Old Orchard, il n'y en avait pas.

Françoise adorait la télévision. Déjà, dans sa chaise haute, avant même de savoir parler, elle reconnaissait les personnages des émissions, et suivait sans broncher – parfois quelques gloussements – tout ce qu'on regardait en famille, et avec ses frères et sa sœur, elle se délectait de tous les personnages de *La boîte à surprise,* surtout de Fanfreluche, sa préférée, qui avait le don de sortir ou de rentrer dans un grand livre et de partir à l'aventure. Plus elle vieillissait, plus la télévision l'émerveillait, car elle commençait à comprendre les histoires, et même à les anticiper. Elle s'amusait à deviner ce qui allait arriver dans les téléromans, et quand elle tombait pile, elle en était fière.

Même si la télévision a été le déclencheur du plaisir de suivre des histoires passionnantes, de voir vivre des personnages auxquels elle s'attachait, son goût pour l'écriture lui est venu par la lecture. Et c'est à l'école que ça s'est passé. À la maison, très peu de livres. Ses parents ne lui en avaient jamais lus et ne lui avaient même pas raconté d'histoires pour l'endormir, c'est elle qui en contait à sa sœur pour qu'elle cesse de babiller. Son père lisait des biographies d'hommes célèbres et sa mère n'avait « pas le temps pour ça ». Le seul moment de la journée où Mme Camirand déposait ses fesses sur un sofa, c'était quand elle regardait la télévision. Pas sans rien faire, toutefois. Pour éviter de se ronger les ongles ou de fumer – les deux seuls petits défauts de la reine du foyer –, elle faisait du crochet ou tricotait.

Pour Françoise, l'école fut une délivrance. Elle apprit à lire à une vitesse affolante, tellement vite et bien que la maîtresse, fine mouche et enseignante dans l'âme, lui passait des livres en douce pendant que les autres filles ânonnaient. À l'école, elle y serait allée même le samedi et le dimanche! Le plaisir de lire – dans son cas, il serait plus exact de dire l'amour de la lecture –, elle l'a connu dès la première année. Dans les années difficiles qui allaient venir, c'est toujours la lecture qui l'a maintenue à flot. Le plaisir d'écrire est venu un peu plus tard, en sixième année plus précisément, où, pour un devoir, on demanda aux enfants de décrire leurs vacances. Avec une joie insoupçonnée, Françoise se mit à inventer des vacances de rêves, vacances extraordinaires, mais possibles, que toutes les filles, et pas seulement elle, auraient aimé pouvoir vivre. Ce qui fit croire aux copines que tout était vrai, que ça s'était vraiment passé ainsi, et elle n'osa pas les contredire. Ce jour-là, quelque chose de nouveau s'était produit en elle: l'immense plaisir de faire croire, de raconter, de partager un plaisir que l'on a d'abord imaginé seule dans sa tête. Non seulement ce plaisir-là est resté, mais il est devenu un besoin, un désir, renouvelable et renouvelé de livre en livre. Avec des moments de grande fatigue à la fin de chaque roman.

Françoise Camirand avait seize ans lorsqu'elle s'enfuit de chez ses parents – et de la banlieue qu'elle avait en horreur. Avant de partir, elle avait préparé la lettre adressée à M. et Mme Léopold Camirand, omettant le prénom de sa mère, respectant ainsi son choix. Les peu de fois où elle l'avait vue apposer son nom sur une lettre ou sur ses bulletins, elle signait Madame Léopold Camirand, à croire qu'elle avait oublié son prénom. De fait, même son mari l'appelait maman. Françoise leur disait de ne pas s'inquiéter, que tout irait bien, et surtout de ne pas essayer de la retrouver parce qu'elle ne voulait plus JAMAIS vivre à Duvernay. Par politesse, elle n'avait pas ajouté « ni avec vous ». En arrivant à Montréal, elle fit glisser la lettre dans la boîte rouge vif de Postes Canada et courut rejoindre sa bande de copains à l'appartement de la rue Hutchison qu'ils avaient loué ensemble.

Elle y habite encore, seule, depuis son premier succès littéraire. Chats et plantes magnifiques, bureau et bibliothèques ont pris la place des colocs. Douce revanche de sa propre enfance, tous les mercredis après-midi, elle reçoit les élèves de la classe de deuxième année de l'école Lambert-Closse. Ceux qu'elle appelle « ses petits amis » viennent prendre le goûter et dessiner pendant qu'elle leur lit les plus beaux livres pour enfants, les contes du monde entier, et même *Le petit prince* de Saint-Exupéry, qu'ils redemandent constamment. Elle se sent heureuse parmi les enfants, tous assis à même le plancher, à manger, dessiner, rire, s'émerveiller, et aimer avoir peur. Après leur départ, et avant le ménage à faire, elle pense à sa mère, à sa crise assurée si elle voyait l'état des lieux...

Sa première année à Montréal fut pleine de joie, de débordements, d'amis, d'alcool, de soirées jusqu'aux petites heures du matin. Elle buvait la vie comme un prisonnier qui vient de s'évader. Un party n'attendait pas l'autre. Faire la fête et de l'argent pour que la fête continue, c'est tout ce qui comptait. Mais peu à peu, les fêtes n'avaient plus le même attrait, lui laissaient un goût âcre. Son travail de serveuse, qu'elle aimait bien au début, devenait routinier, sans intérêt, à part l'argent. Un vide en elle se creusait, et la colère aussi. Elle n'avait pas quitté tout ce qui l'horripilait pour en arriver là. Elle ne s'était pas sortie d'un guêpier pour s'enfoncer dans un autre. Petite, elle avait des rêves. Au moins un qu'elle portait depuis la sixième année.

Son angoisse grandissait à mesure qu'elle la repoussait en la calmant avec toujours un peu plus d'alcool. Au fond, elle savait ce qu'elle avait à faire, elle connaissait son talent, son désir d'écrire était là, bien vivant, mais comment plonger dans le vide ? À cent lieues de l'école, où la moindre composition faisait de l'effet, c'était maintenant la cour des grands où des loups féroces pouvaient vous dévorer tout rond, cracher sur votre travail, vous démolir sans aucune gêne. Juste à y penser, et la peur rouge crabe lui lacérait instantanément le ventre.

Pendant des années, ce fut la fuite en avant.

Sa propension à l'autodestruction et à la démesure avait duré jusqu'au moment où un voile épais s'était levé, où elle avait regardé pour la première fois sa peur en face. « Je ne veux pas mourir, je ne veux pas mourir – c'est ce qu'elle s'entendit dire –, je ne veux pas mourir avant d'avoir écrit. » Par chance, ce jour-là, pas de colocs. Elle était seule à marcher de long en large, de long en long, à traverser la maison de huit pièces, et revenir sur ses pas en répétant « je ne veux pas mourir. » Tout d'un coup, sans réfléchir, elle se précipita dans sa chambre et prit la rame de feuilles blanches achetée il y a bien longtemps. Et sans attendre une seconde de plus, elle s'assit à la table de la cuisine et se mit à écrire comme une déchaînée.

Son premier roman enfoui en elle depuis l'âge de quinze ans, elle l'écrivit en sept mois. La peur allait et venait, elle n'avait plus de temps pour elle, plus le temps de s'apitoyer, de la repousser, de la faire taire en buvant. Françoise était en mode « urgence ». C'était écrire ou mourir. Petit à petit, le plaisir d'écrire revint. La joie d'imaginer, d'inventer des mondes, de se mettre au monde l'emporta, et prit la place de sa peur de mourir.

La souffrance, qui aurait pu la détruire, était devenue le terreau de son écriture. Elle pouvait y entrer, y puiser ce dont elle avait besoin, la transformer en mots et la transposer pour l'un ou l'autre de ses personnages. À condition d'en ressortir le plus rapidement possible. Dans ses débuts, elle avait une peur bleue d'y rester.

Son quinzième roman vient de sortir. Une histoire de famille qui commence en Gaspésie dans les années 1940, et se termine à Montréal en 2001. Un récit ambitieux et capricieux, bien en chair, qui a pris beaucoup de temps, lui a donné beaucoup de plaisir et bu toute son énergie. Elle se sent fatiguée, pas au bout du rouleau mais presque. Terminée aussi la tournée de promotion, son roman fait son chemin tout seul... Pas de nouveau projet en tête ni sur sa table de travail, mais beaucoup de rêves. Elle a toujours accordé beaucoup d'importance à ses rêves, c'est souvent de cette manière que naissent ses romans. N'empêche qu'en ce moment elle se sent en suspension, les pieds dans le vide, rien pour s'accrocher.

Depuis plusieurs nuits, elle rêve aux gens de sa rue, surtout aux hassidim. Pas des cauchemars, pas encore. Pourquoi les hassidim ? Ça fait trente-neuf ans qu'elle habite le quartier, qu'elle les voit tous les jours, et jamais elle n'avait rêvé à eux. Et là, coup sur coup, ça n'arrête pas. Une procession avec musique tonitruante rue Hutchison, des voisins descendent pour danser avec eux, ça finit en bagarre, le rabbin réussit de justesse à sauver les rouleaux de la Torah ; un autobus rempli de femmes allant à New York pour se trouver un mari, elles rebroussent chemin parce qu'elles veulent se marier avec des Québécois pour apprendre à parler français ; deux jeunes hommes qui se bécotent en pleine rue, papillotes au vent, et le scandale éclate dans la communauté. Et cette nuit, une petite hassid qui lui ressemble comme deux gouttes d'eau a sonné à sa porte, est entrée en lui souriant, s'est dirigée tout droit vers son ordinateur comme si elle connaissait la maison, les sourcils froncés, elle a tapé des pages et des pages sans même la regarder. Et quoi encore ?!

Bizarre. Elle se sent bizarre. Une imperceptible oscillation... un virage possible... À haute voix, comme si elle voulait se l'entendre dire encore et encore: « Je n'écrirai plus jamais de la même manière. » Elle ne reniait pas ce qu'elle avait écrit jusqu'à maintenant, elle en défendrait chaque mot, mais l'écriture sous le mode obsessif, elle n'en voulait plus. Après tout, elle n'avait plus rien à prouver à personne – encore un peu à elle-même peut-être. Une quinzaine de romans, plusieurs recueils de nouvelles, des livres pour enfants, ses romans avaient été traduits en plusieurs langues et certains, adaptés pour le cinéma. Se donner du temps... Vivre autrement. Écrire autrement. Cinquante-cinq ans, l'âge parfait pour changer...

Tout comme un incorrigible ivrogne se dit, en se réveillant d'une méchante brosse: « je ne boirai plus », pour elle, à chaque fin de roman: « je ne veux plus me défoncer au travail, je ne veux plus écrire chaque livre comme si c'était le dernier. » Vœu pieux vite oublié. Il suffit qu'un nouveau projet lui prenne la tête et le cœur, et elle est faite à l'os, emportée par l'enthousiasme de ce qu'elle découvrira en route.

Elle sort sur son balcon avec un verre de vin à la main. Il fait beau. Au rez-de-chaussée de la maison d'en face, la petite juive qu'elle a vue cette nuit est assise sur le perron, un livre à la main. Dans son rêve, elle était plus vieille que dans la réalité, presque une adolescente. Son jeune frère joue à côté d'elle. Un autre encore plus petit, le nez collé à la vitre, frappe sur le carreau et veut sortir.

Elle boit une gorgée de vin en regardant la rue. La petite rentre son frère de force, sa mère vient de les appeler.

En trente-neuf ans, Françoise ne se souvient pas d'avoir échangé une parole, un sourire, avec un membre de la communauté hassidique. En fait, elle n'a jamais essayé, comme si elle savait que ça ne servirait à rien. Ses rêves l'intriguent. Pourquoi maintenant ?

La première fois qu'elle a vu un étranger, elle avait une dizaine d'années, une petite fille est arrivée dans la classe, c'était l'après-midi, elle s'appelait Francesca. Ça voulait dire Françoise, en italien. Elle l'a appris beaucoup plus tard quand Francesca et elle sont devenues des amies. Elle se souvient qu'en rentrant chez elle ce jour-là, elle avait écrit dans son journal qu'elle cachait sous son matelas : « Mon Dieu, comme elle doit être malheureuse, Francesca. Elle sait juste dire bonjour, c'est tout. Comment elle va faire si elle a envie de faire pipi ? Demain, je vais lui apprendre à dire : « Madame, je veux aller aux toilettes, s'il vous plaît. » Elle souriait en pensant à la petite qu'elle était, à Francesca, qui n'arrivait pas à répondre aux questions de la maîtresse, à l'année qu'elles ont passée ensemble sur Hutchison dans l'appart bourré de monde, à l'angoisse qui l'a dévorée pendant si longtemps, qui la grignote encore de temps en temps…

Hutchison est calme. Quelques autos roulent presque sans bruit, de jeunes hassidim, tête baissée, front en sueur, courent presque dans leurs habits de semaine. La première fois qu'elle a vu des hassidim, elle n'en revenait pas. Pendant la première année, chaque fois qu'elle en voyait, c'était à nouveau comme si c'était la première fois, elle n'arrivait pas à s'habituer. Petit à petit, ils ont fait partie du paysage… mais pas du pays. Ce n'était pas le fait qu'ils soient étrangers qui la taraudait, des étrangers, il y en avait plein, et elle aimait le quartier pour ça. Un étranger prend du pays et donne à ce pays, il devient hétérogène par la force des choses, et surtout du temps. Les juifs hassidiques habitent ici depuis des générations, et ils sont encore homogènes. C'est leur homogénéité qui la surprend encore, et non pas leur étrangeté. Elle n'arrive pas à les voir comme des individus, mais comme un bloc monolithique, qui n'adhère à rien de l'extérieur, et que rien ne peut ébranler. Mais pourquoi rêver à eux après trente-neuf ans de vie parallèle ?

Des voisins profitent du beau temps sur leur balcon. En short déjà, pas une seconde à perdre. La jeune et belle voisine a invité ses amis. Bière à la main, ils sortent et rentrent, parlent fort et rient, déjà pompettes, ils fêtent le printemps sans doute, toutes les raisons sont bonnes, elle le sait, il n'y a pas si longtemps, elle avait leur âge.

Elle boit une gorgée de vin en pensant à tous ces gens qu'elle a côtoyés depuis tant d'années, dont elle ne connaît même pas le nom. À celle-là qu'elle a vue bébé, puis enfant roulant sur son tricycle, puis partant ou revenant de l'école, puis jeune fille embrassant un garçon, et avec un autre, enlacée…

Au coin de Bernard, des clients entrent ou sortent de la Banque TD, d'autres sont penchés devant les étals de l'épicerie.

La petite hassid sort de chez elle, ferme la porte en effleurant rapidement la *mezouzah* de sa main droite.

Pendant une fraction de seconde, leurs regards se croisent. La petite court déjà vers la rue Bernard avec des dollars dans la main, traverse la rue et entre à l'épicerie du coin.

Françoise se repasse son rêve et, une fois de plus, elle est frappée par sa ressemblance avec la petite. Du moins en rêve.

Le journal de Hinda Rochel

Aujourd'hui, j'ai eu un grand choc. C'était terrible. J'avais hâte d'avoir une minute à moi toute seule pour écrire ce que j'ai vu en revenant de l'école. D'habitude, je reviens avec mon amie Naomi, mais elle n'est pas venue à l'école aujourd'hui, je ne sais pas pourquoi. Ça ne m'arrive pas souvent de marcher seule. Je suis toujours avec mes frères ou bien avec Naomi ou, le pire, avec mes parents et toute la famille. Quand je marche seule, j'aime ça, j'ai le temps de regarder les gens, pas les gens de ma communauté, eux, je les connais par cœur, mais les autres. Je marchais tranquillement, il faisait beau, et j'ai vu des jeunes filles et des jeunes garçons de mon âge marcher, courir, se rattraper, se prendre par la main. Non je ne dois pas mentir. Ils étaient un peu plus vieux que moi. Au moins 13 ans. Même 14.

Je les suivais de loin. Ils ont marché vite. Il restait un garçon et une fille plus calmes. Ils se tenaient par la main puis par la taille.

J'ai vu le garçon s'arrêter en plein trottoir, ramener la fille vers sa poitrine et il l'a embrassée sur les lèvres. J'ai eu un frisson qui m'a paralysée. La fille avait la tête un peu renversée et embrassait le garçon comme si c'était la dernière chose qu'elle avait à faire avant de mourir. C'est sûr, elle allait manquer de souffle bientôt. C'était beau. C'était épouvantable. J'étais là, pas très loin d'eux et je ne savais plus où me mettre. Je voulais disparaître, fermer les yeux, mais je regardais quand même. Que Dieu me pardonne. Comme si j'étais à la place de la fille. J'avais honte de regarder. C'était beau et laid en même temps. Si le garçon m'avait embrassée moi, je serais morte, c'est sûr que je serais morte. Puis quand mon sang s'est remis à couler pour faire marcher ma tête et mon bon sens, j'ai vite dépassé la fille et le garçon en marchant dans la rue et j'ai tout de suite pris la rue Hutchison et j'ai couru vers la maison. Heureusement, notre maison est à deux pas de la rue Bernard, là où je les ai vus s'embrasser, au coin, juste au coin.

Une chance que je sais écrire en français. Comme ça, ma famille ne peut pas lire ce que j'écris dans mon journal. Parfois j'écris en faisant semblant que c'est mes devoirs. Mais je ne suis jamais tranquille. L'autre jour, mon grand frère s'est aperçu de quelque chose. Il m'a demandé ce que j'avais. Il trouvait que j'avais pas le même visage que d'habitude quand je fais mes devoirs. Je lui ai dit que j'avais une composition à faire en français. Il m'a dit : « Poor you, good luck. » *Lui, il déteste la langue française. Y a pas beaucoup de monde qui aime la langue française dans notre communauté. Moi, j'ai pas fait exprès, c'est à cause de Gabrielle Roy. Je l'aime beaucoup. J'ai lu* Bonheur d'occasion *au moins 12 fois.*

Willa Coleridge

Si on faisait le compte de tous ses sourires perdus, si on les avait mis en banque, Willa Coleridge serait sûrement millionnaire. Juste les sourires qu'elle avait prodigués aux hassidim de plus en plus nombreux dans la rue Hutchison l'auraient rendue riche ou sainte. Tous les riverains avaient baissé les bras, avaient vite compris que cela ne servait à rien, que c'était sourires perdus, tous sauf Willa qui n'arrivait pas à déclarer sa défaite. Elle n'arrivait pas à comprendre pourquoi ces gens-là, qui étaient ses voisins et à qui elle n'avait rien fait de mal, ne répondaient jamais à ses sourires.

Et tant qu'elle ne comprendrait pas, elle allait continuer.

On pourrait penser qu'elle était née comme ça, souriante, mais ce n'était pas tout à fait exact. Elle était née noire, ça oui, mais elle avait choisi le sourire comme mode de vie, comme mode de combat contre la grisaille et les difficultés de l'existence, comme mode d'ouverture aux autres. Le sourire comme porte d'entrée à un lien possible. Petite, déjà, elle avait fait ce choix d'alléger son cœur par le sourire et ça lui avait facilité la vie. À l'école, elle avait choisi de sourire au lieu de pleurer devant ses énormes difficultés d'apprentissage en se disant qu'elle allait y arriver en bûchant. Et elle y arrivait. Jamais première de classe, mais elle y arrivait. Avec le temps, c'était devenu sa manière d'être, de se colleter avec le monde, de se dire : je souris donc je suis, sans vouloir paraphraser Descartes qu'elle ne connaissait pas. Le seul livre qu'elle avait lu de bout en bout était la Bible, Nouveau Testament compris.

Depuis vingt-cinq années qu'elle habitait la rue Hutchison, elle avait réussi à arracher quelques sourires à de très jeunes enfants pas encore endoctrinés. Mais Willa gardait l'espoir qu'un jour un homme ou une femme hassidique lui sourirait ou du moins répondrait à son sourire. Certains auraient pu qualifier Willa de bonasse, mais il n'en était rien. Willa était pleine de bonté et imbibée d'espoir. Bonté et espoir faisaient partie intégrante de sa personne tout comme la couleur de sa peau. Sans la bonté et l'espoir – et le sourire –, sa vie n'aurait pas été possible. Non seulement sa vie aurait été trop difficile à mener jusqu'au bout, mais ç'aurait été la vie de quelqu'un d'autre. Pour Willa, espérer ce n'était pas croire que tout irait bien, mais que les choses avaient un sens.

Willa Coleridge avait vingt-trois ans et trois enfants quand elle était arrivée dans le quartier avec ses parents. Son mari l'avait quittée. En fait, son mari n'avait jamais habité avec elle. Pas complètement. Elle vivait encore chez ses parents à la naissance de son premier enfant. Le deuxième et le troisième étaient nés avant que le mariage se concrétise. Puis il y eut messe, échange de bagues, robe blanche, réception, mais pas de maison commune. Le projet d'un logis bien à eux était toujours retardé, par manque d'argent ou pour d'autres motifs inventés par le mari, et que la jeune mariée croyait. Willa était crédule comme toute personne qui aime. L'ultime et la vraie raison qu'il lui donna pour ne pas habiter avec elle: il vivait déjà avec une autre femme.

Willa perdit son sourire pendant trois mois, un mois pour chaque enfant. Elle avait perdu son amour, et ses enfants, leur père. Elle avait vu, de ses yeux vu, la femme accrochée au bras de son mari, elle avait vu leurs enfants, l'un qu'il portait fièrement dans ses bras et l'autre qui courait devant. Une image qui avait dévasté l'intérieur de son ventre. Elle avait retenu ses sanglots, elle s'était retenue de courir, elle s'était retenue de mourir sur place. Ses enfants l'avaient sauvée. Ses enfants avaient lancé un « *Hi Dad* ! » avec un petit geste de la main et continué à marcher à côté de leur mère. Leur mère, Willa la grande. Ses enfants l'ont toujours considérée comme la plus grande, la plus compréhensive, la plus belle, la plus gentille mère du monde.

Les enfants de Willa avaient une sagesse précoce qui consistait à se dire: notre père est notre père, il est ce qu'il est. Jamais ils ne l'ont attendu avec une valise à la main. Jamais ils n'ont pleuré ou souffert de son absence. Contrairement à leur mère, ils n'avaient pas d'espoir. Ce n'était pas des enfants désespérés, loin de là, ils étaient compréhensifs et réalistes. Ils comprenaient que leur père était leur géniteur, un point, c'est tout. Quand il venait les voir, ils étaient contents, sans plus. Quand il repartait, leur vie reprenait comme avant, avec leur mère et leurs grands-parents.

Willa avait fini par comprendre et pardonner à son mari. Et par l'oublier. Elle avait eu quelques amants ou des compagnons pour aller danser. Même seule, elle allait danser au Keur Samba, à deux pas de chez elle, un bar pas cher de l'avenue du Parc, où une femme seule pouvait, sans se faire importuner, danser tant qu'elle voulait sur des musiques africaines et antillaises, sans même avoir à prendre une consommation. Ce qui lui convenait parfaitement, vu qu'elle avait peu d'argent, qu'elle n'aimait pas boire, mais danser.

Ce qui la faisait vibrer autant que la danse était la spiritualité. Elle était croyante. Elle croyait en une force divine, en une bonté divine. Elle allait régulièrement à l'église. Elle changeait d'église parfois. Mais jamais de Dieu. Le Dieu des juifs était pour elle le même que le Dieu des chrétiens ou des musulmans. Elle aurait voulu aller prier un jour dans une mosquée ou dans une synagogue. Mais elle ne savait pas comment faire. Est-ce qu'on la mettrait à la porte à cause de la couleur de sa peau ou de toute autre chose ?

Willa ne comprenait pas pourquoi certaines personnes étaient intolérantes envers leur prochain. Pour elle, les humains étaient là pour apprendre à s'aimer. Elle qui avait subi plus d'une fois l'intolérance, le rejet et même le racisme, elle se gardait bien de tomber dans ce panneau étroit. De toute manière, ce n'était pas dans son tempérament. À l'égard des juifs de sa rue, ce n'était pas de l'intolérance qu'elle éprouvait, mais de la peine. Elle aurait aimé les connaître, elle sentait qu'ils pouvaient lui apporter des réponses aux questions qu'elle se posait. Elle les savait très croyants, tout comme elle. Apprendre d'eux, c'est ce qu'elle voulait. Leurs enfants étaient propres et bien élevés, pas souriants, mais polis. Ils ne se disputaient presque jamais. Ils obéissaient à leurs parents et les grands s'occupaient des petits. Et ils étaient si aimables et respectueux envers leurs grands-parents, c'était beau de les voir. Ses enfants à elle étaient grands maintenant, mais les petits-enfants n'allaient pas tarder à venir, et grand-maman Willa serait là pour eux comme sa mère avait été là pour elle et ses enfants. Willa voulait connaître, apprendre, elle était toujours prête à ouvrir ses yeux et son cœur, mais elle ne savait pas comment arriver à percer ce mur que les hassidim portaient par-devers eux.

Ça faisait plus de cent ans que ses ancêtres avaient quitté la Jamaïque. De ses aïeux, elle ne connaissait pas grand-chose. Elle savait que le grand-père de son père travaillait pour le CN, sur la ligne Halifax-Montréal. Il trimait dur, plus de dix-huit heures par jour, et dormait à bord du train ; pour toute chambre, une couchette. Un jour où le train était arrivé à Montréal, il était descendu, et n'était plus jamais remonté à bord. C'est à peu près tout ce qu'elle savait de ses ancêtres. Ce n'était pas par manque d'intérêt, mais elle avait eu bien d'autres chats à fouetter et beaucoup de bouches à nourrir. Et maintenant que ses enfants se débrouillaient assez bien, qu'elle avait trouvé un travail pas trop fatigant au centre-ville, où elle faisait du ménage dans des bureaux, ses parents étaient morts, et elle ne savait pas à qui poser des questions.

À la mort de Bob Marley, elle a pleuré comme beaucoup de monde, mais pas plus.

Son pays, c'est Montréal, et la rue Hutchison, qui relie le Mile End et Outremont, son coin préféré. Pour elle, Hutchison ne sépare pas Outremont et le Mile End, comme on pourrait le penser, elle les réunit. Willa aime réunir, rassembler, dire bonjour aux voisins, se rappeler leur prénom, « comment ça va aujourd'hui », en français aux francophones, ou « *Hello* », avec le sourire, ça n'a jamais fait de mal à personne. À la Saint-Jean, drapeau fleurdelisé sur son balcon, et un plus petit, qu'elle apporte à la fête de la rue Saint-Viateur ; le premier juillet, elle sort le drapeau canadien ; quand il y a processions et fêtes juives, elle est la première sur son balcon et peut-être la seule à frapper la cadence des chants religieux. Elle ne manque jamais une occasion de célébrer, de chanter, de danser, la vie est trop courte, dans sa famille, on meurt jeune, son père et sa mère n'ont pas atteint la soixantaine.

De dire que Willa aime la vie est peu dire, Willa est la vie. La vie côté cœur, chaleur, sourire.

Elle n'a jamais eu assez d'argent pour aller en Jamaïque, elle en rêve. Pas pour revoir le pays de ses ancêtres, comme on pourrait s'y attendre, mais parce que c'est un pays où l'on danse toute la nuit. Depuis que le Keur Samba a fermé ses portes, elle ne danse presque plus. À l'église des apôtres de Jésus-Christ où elle va, on organise des soirées de temps en temps, mais on ne danse pas toute la nuit.

Souvent, en arrivant de son travail, elle entend de la musique et aperçoit des hommes qui dansent, à trois maisons de chez elle. Elle s'arrête pour écouter, puis marche lentement jusque chez elle, sort sur son balcon, et reste là une partie de la nuit à lire la Bible en écoutant les chants. Des fêtes juives où l'on danse et chante toute la nuit, il y en a beaucoup sur Hutchison…

Si elle avait le moindre espoir qu'on la laisserait entrer, Willa irait avec joie danser chez ses voisins. Mais au train où vont les choses, ça ne risque pas d'arriver. Son rêve de nuits jamaïcaines a des chances de se réaliser bien avant qu'une famille hassidique lui ouvre sa porte, elle le sait, mais elle continue d'espérer.

Benoît Fortin

Benoît Fortin avait loué son premier appartement avec sa première blonde. C'était sa blonde qui avait déniché l'appart : un 5 ½ par l'amie d'une amie qui avait une amie qui devait laisser son appart pas cher avant la fin du bail pour partir en voyage. Une vraie aubaine, le loyer n'avait pas été majoré depuis des années. La blonde avait convaincu le propriétaire de ne pas casser le bail, de leur laisser tel quel, sans augmenter le loyer, ainsi, il n'aurait pas besoin de repeindre ou de faire des réparations dans le logement, qui en avait grand besoin, parce que son chum, très habile et très vaillant, allait s'occuper de tout – ce qu'il ne fit d'ailleurs jamais. Gentillesses, sourires, gestes explicatifs et langue estropiée finirent par avoir raison du vieux qui baragouinait l'anglais aussi mal qu'elle, mais avec l'accent des Grecs du coin.

Sa première blonde l'avait quitté depuis longtemps et d'autres avaient suivi le même chemin. Mais pour rien au monde, Benoît n'aurait laissé son appart. Il y tenait presque autant qu'à la prunelle de ses yeux. C'était sa stabilité et, en quelque sorte, sa carte d'identité. Bon an mal an avec ou sans blonde, il pouvait toujours dégoter l'argent du loyer, qui restait bien en dessous de tout ce qu'on pouvait trouver en ville; le propriétaire, encore plus vieux et malade, oubliait carrément de l'augmenter, et oubliait même qu'il avait un locataire au troisième.

À quinze minutes du centre-ville avec le 80 ou le 160, à deux pas de la Taverna qui vient de changer de nom et du Futembule devenu le Helm, de tous les cafés de la rue Bernard à l'est de Parc qui avaient poussé sans que ça paraisse, pas loin du Romolo, premier café du coin qui s'était agrandi pour la troisième fois. À un pâté de maisons de la rue Saint-Viateur, ah Saint-Viateur, le dimanche quand le soleil est de la partie, que l'Olimpico et le Club social sont pleins à craquer dehors comme dedans, que ça parle dans toutes les langues, que ça sent bon le café, les crêpes et le bagel. Quand il arrive à se décoller de son ordinateur, c'est là que Benoît va prendre un café et voir s'il n'y a pas une belle fille en mal de garçon par une journée ensoleillée propice au badinage.

De loin, Benoît Fortin a l'air d'un ado. Jean troué, tee-shirt délavé, sac à dos avachi, cheveux souffrant d'abandon, il descend l'escalier extérieur à toute allure et marche comme s'il avait toujours quelqu'un ou quelque chose à attraper. De près, il a un pli entre les sourcils et le regard implorant sous ses lunettes rafistolées. Sans angoisses par rapport à son âge ni questions existentielles du style « qu'est-ce que j'ai fait de ma vie », il a atteint ses quarante ans, presque sans s'en apercevoir. Il n'est ni heureux ni malheureux, et ne se pose jamais cette question.

Devant son ordinateur, surtout avec un gros problème à résoudre, il exulte. Un jour qu'il venait de trouver la solution à un problème gigantesque, qu'il avait envoyé le résultat à la compagnie qui l'engageait de temps en temps, il a éteint son ordinateur – c'était si rare – et fait pivoter son fauteuil, a regardé la pièce dans laquelle il travaillait, s'est levé, a fait le tour des autres pièces de la maison, et s'est senti seul. Son ordinateur éteint, il se sentait déconnecté, lui aussi. Rien ni personne ne lui avait fait éprouver une telle sensation. Il n'avait pas ressenti ce vide au moment où sa énième blonde l'avait plaqué. Pas le même vide, en tout cas.

Quand une blonde le quittait, il avait des sentiments ambivalents, de la peine, bien sûr qu'il avait de la peine, mais, en même temps, il se sentait délivré. Il aimait vivre seul. À son rythme, ne pas avoir à tenir compte de personne, ne pas avoir à se forcer. Il pouvait bosser quatorze heures d'affilée sans que sa compagne du moment lui dise: « On ne fait jamais rien ensemble, t'es toujours en train de travailler, la maison est une vraie soue à cochons, j'suis pas mal tannée d'habiter avec un fantôme ».

S'il avait su ou pu résister à la gent féminine, il n'aurait jamais vécu en couple. Les femmes lui sautaient dessus et il se laissait faire. Proie facile, il l'était. Jusqu'à un certain point. On pouvait faire de lui ce qu'on voulait, jusqu'à ce que son travail prenne le dessus, que le problème à résoudre devienne la passion de sa vie. À une époque où les femmes étaient moins entreprenantes, il aurait été un chercheur solitaire, un vieux savant dont on aurait connu les découvertes après la mort.

Il n'était pas fait pour la vie à deux. Ce n'est pas qu'il n'aimait pas les femmes, mais c'était plus difficile pour lui de découvrir comment les rendre heureuses – au moins contentes et pas chialeuses – que de trouver un vice caché dans un programme informatique qu'on lui envoyait en catastrophe parce qu'on savait que lui allait trouver. Et il trouvait. Mais déceler la faille de sa vie à deux, il n'y était pas encore arrivé.

S'il ne savait pas être un compagnon de vie adéquat, il était un ami généreux, serviable et attentionné. Quand elles n'étaient plus ses blondes, toutes ses ex pouvaient compter sur lui. Il était en mesure de dépanner n'importe qui pour n'importe quel problème. La tante, le frère ou même le cousin d'une ex-blonde pouvait faire appel à lui sans se gêner. Il avait une façon très délicate de rendre service, comme si de rien n'était, et les gens sans vergogne profitaient de lui. Qui pour un bogue d'ordinateur, qui pour un frigo qui ne ronronnait plus, qui pour une bicyclette ou une auto, qui pour garder un bébé ou pour peinturer un balcon.

Aussi étonnant que vrai, Benoît n'avait aucune idée de sa propre valeur, de sa juste valeur, et même s'il en avait été conscient, il n'aurait accordé ni importance ni considération à ce qu'il faisait, à ce qu'il était.

Benoît Fortin venait d'une famille sans joie où vivre était un fardeau de chaque instant. « Une famille *drab* avait dit un jour Benoît à sa deuxième blonde, on pourrait-tu parler d'autre chose. » Ni riches ni pauvres, les parents travaillaient, l'un comme contremaître dans une manufacture de chaussures et l'autre comme préposée aux malades dans un centre pour vieillards. Tous deux détestaient leur travail, mais aucun n'aurait changé d'emploi sans y être obligé. Ils ne se disputaient pas, mais ne s'aimaient pas. Ils vivaient côte à côte une vie grise et sans histoires. Les trois enfants, une fille et deux garçons, étaient dociles, ne se chamaillaient pas, vivaient chacun dans sa chambre, sans liens chaleureux avec leurs parents ni entre eux. Ils mangeaient à la même table ou devant la télé quand le père ou la mère le permettait, c'est à peu près tout ce qu'ils faisaient ensemble. Vers l'âge de quatorze ans, Benoît, le plus jeune, découvrit l'ordinateur à l'école. Parler de joie, de bonheur, serait trop peu, ce fut une rédemption. Il était sauvé.

En vingt ans de vie sur Hutchison, aucune visite de sa famille, personne ne savait où Benoît habitait ni ne voulait le savoir. Lui était retourné en banlieue chez ses parents à quelques reprises. Son frère et sa sœur avaient déjà quitté la maison. Jamais il ne pensait à sa vie d'enfance et d'adolescence, mais parfois il songeait à son premier ordinateur, qu'il avait reçu par on ne sait quel miracle de Noël. Il avait quinze ans.

Il n'avait jamais rien à raconter à ses blondes ni à ses amis, jamais un mot sur la banlieue où il avait vécu plus de vingt années, ni sur sa famille. Mais aussi surprenant que cela puisse paraître, il ne serait jamais parti de son propre chef. N'eût été de sa blonde, plus débrouillarde et délurée que lui, qui voulait à tout prix aller vivre dans la grande ville, il serait resté là-bas, « dans sa banlieue pourrie », comme il l'appelait pour clore toute discussion, sans jamais la nommer.

Quand il arriva en ville, il eut le sentiment très net d'avoir été sauvé pour la deuxième fois de sa vie, de son passé, cette fois. D'avoir trouvé *sa* place et d'être libre de vivre *sa* vie. Il en était reconnaissant à sa première blonde, pour qui il gardait une affection particulière, c'était elle, après tout, qui lui avait offert la ville sur un plateau d'argent, qui avait trouvé cet appartement déglingué qu'il aimait, où il se sentait chez lui. Enfin chez lui.

Et en ce jour d'aujourd'hui, même si on lui offrait un château, tous comptes payés, loin de son quartier, le Mile End, jamais, jamais il ne quitterait son 5 ½ rue Hutchison.

Françoise Camirand

Après qu'elle a vu la petite hassid en rêve – plusieurs nuits de suite –, le sujet de son prochain livre s'est imposé de lui-même, elle n'avait plus qu'à prendre la décision de plonger, ou de subir ses rêves au lieu de s'en servir.

Un matin, elle s'est levée, a ouvert un dossier tout neuf, a tapé : PORTRAITS DES GENS DE MA RUE (TITRE PROVISOIRE). Et c'était parti ! Les décisions importantes, elle les prenait toujours le matin...

Depuis, elle regarde autrement. Pour l'un de ses romans où le personnage principal était un danseur, elle avait lu quantité de livres sur la danse et avait vu autant de spectacles de danse qu'elle pouvait ! Mais là, elle ne sait pas quoi lire ni où chercher. Alors, elle regarde partout. Elle marche et ouvre grands les yeux et les oreilles. Elle entre dans les magasins, écoute les gens, fait parler les commerçants plus qu'à l'accoutumée, dans les cafés, elle écoute les conversations. Dans les parcs, avec un livre et un petit carnet, elle attend que quelque chose vienne titiller son imagination. Elle passe et repasse devant la synagogue au coin de Saint-Viateur et essaie de comprendre. Elle voudrait se glisser par la porte de côté avec les femmes, et assister à une cérémonie. Elle se demande, en sachant déjà la réponse: « Est-ce qu'elles me laisseraient entrer ? »

Elle lit tout ce qu'elle arrive à trouver sur la religion juive, sur les hassidim. Elle cherche des œuvres de fiction écrites par des hassidim, mais n'en trouve pas beaucoup. Elle lit et relit *La désobéissance* de Naomi Alderman, *Lekhaim!* de Malka Zipora, *La lamentation du prépuce* de Shalom Auslander, qu'une amie lui a offert, *Rue Saint-Urbain* de Mordecai Richler, et tous les romans d'Eliette Abécassis. Elle continue à lire des ouvrages de référence et à chercher d'autres livres de fiction. Elle fait davantage confiance aux œuvres de fiction pour sentir l'intériorité des êtres.

Pénétrer dans l'univers des juifs hassidiques ne sera pas aisé, elle le sait, mais jamais elle ne pourra parler des gens de sa rue sans une avancée dans leur monde. Ils sont maintenant majoritaires dans la rue Hutchison, et en trente-neuf ans, elle n'est jamais entrée dans une maison hassidique, n'a jamais échangé le moindre mot avec personne. Elle les a vus. De l'extérieur seulement. Le mystère reste entier.

Devant ce qui lui semble parfois une montagne, elle se répète pour reprendre courage: « Ce sont des humains, après tout. Ils sont nés et ils vont mourir, avec des obstacles entre les deux pôles, comme moi, comme n'importe qui. Il doit bien y avoir un moyen de les attraper dans le détour, comme la petite hassid m'a attrapée en rêve... »

En marchant, elle s'amuse à compter les arbres de sa rue. Le compte est vite perdu. Au début des années 1980, le trottoir côté Mile End avait été élargi du double, et la ville de Montréal avait alors planté des arbres. Certains étaient morts. D'autres avaient tenu bon jusqu'à aujourd'hui.

Pendant qu'un peu de temps
Habite un peu d'espace
En forme de deux cœurs
Moi, moi, je t'aime

Elle fredonne la chanson de Vigneault en marchant, et ne sait plus pourquoi elle avait commencé à compter les arbres. Tant qu'à faire, pourquoi ne pas compter les *mezouzot* sur le linteau des portes ?

En trente-neuf ans, augmentation flagrante des arbres et des hassidim sur Hutchison. Les arbres poussent et les *mezouzot* en plastique couleur chair se multiplient.

Pendant que les châteaux
En toutes nos Espagnes
Se font et ne sont plus

Il fait beau aujourd'hui, marcher lui a fait du bien et elle a hâte d'écrire. Elle monte les premières marches de l'escalier pendant que passe à toute allure un jeune hassid qu'elle a vu des centaines de fois.

Le journal de Hinda Rochel

Quand j'étais petite, c'est toujours ma mère qui me peignait les cheveux. J'étais la seule fille de la famille et ma mère n'avait pas autant d'enfants qu'aujourd'hui. Y avait juste mon frère Yehuda et moi et ma mère était enceinte. J'avais les cheveux longs, maman me brossait les cheveux et me faisait des nattes et parfois une queue de cheval et j'aimais beaucoup ça. Mon frère, lui, n'avait pas autant d'attention. De temps en temps, maman lui rasait les cheveux et lui roulait ses papillotes le soir avec une épingle spéciale et le matin en une seconde elle déroulait ses papillotes. Avec moi, elle restait beaucoup plus longtemps. À la maison, ma mère porte toujours un foulard blanc noué sur le front. Quand j'étais petite, je pensais que ma mère n'avait pas de cheveux. Un jour je lui ai demandé «pourquoi tu n'as pas de cheveux comme moi, maman?» «Parce que je les ai rasés. Une femme mariée doit raser ses cheveux. Son mari ne doit jamais voir ses cheveux, ni aucun homme. Et toi aussi quand tu seras grande, tu te raseras les cheveux.» Moi, j'ai crié: «Non, maman, non. Je veux pas raser mes cheveux, je veux pas ressembler à Yehuda. Moi, j'aime ça beaucoup quand tu me peignes longtemps.» Je ne me souviens pas ce que maman a répondu.

Tamara

Elle était grande et se trouvait petite, elle était belle et se trouvait moche, elle était mince et se trouvait grosse, elle avait réussi ses études, mais croyait que c'était trop facile. Elle avait beaucoup de talent dans plusieurs domaines, avait touché à tout, mais ne persistait en rien. Elle s'intéressait à la politique, ce qui était rare chez les jeunes de son âge. Comme son père, dans le temps, elle lisait les journaux et tout ce qui lui tombait sous la main pour s'informer et comprendre. Elle pouvait discourir sur l'état du monde, l'analyser, savoir ce qui allait et ce qui n'allait pas, mais ne savait pas grand-chose sur son état à elle, et ne tenait pas à le savoir. Elle mettait son mal-être sur le compte d'une « mauvaise passe », qui devait passer, comme le veut l'expression, mais qui perdurait et s'aggravait.

Elle ne savait pas qui elle était, ce qu'elle désirait, ce qu'elle faisait sur cette Terre. Sa vie lui échappait de plus en plus. Elle flottait entre ciel et terre en attendant que quelqu'un – n'importe qui – lui dise comment se rattraper, comment trouver un sens à sa vie.

Pour ses amis, elle était celle qui est toujours au-dessus de ses affaires, qui a les garçons à ses pieds, et les filles l'enviaient. Pour sa famille, elle était lointaine, une princesse capricieuse et susceptible, et on ne savait pas par quel bout la prendre. Pour ceux qui la voyaient pour la première fois, son sex-appeal de femme-enfant était saisissant, puis son intelligence et son humour, ainsi que sa manière bien à elle de ne toucher qu'à la surface des choses, d'attirer les gens en même temps qu'elle les gardait à distance.

C'est au moment où son identité était la plus fragile que son père avait disparu, sans laisser d'adresse. Ce qui avait eu pour effet de saper le peu d'estime qu'elle avait pour elle-même et d'ébranler ses fondations. Elle ne comprenait pas et ne pouvait pas comprendre. C'était une trahison. Au-delà de son entendement. Son père l'avait abandonnée, elle, sa seule fille, son enfant préférée, sa « petite princesse » comme il aimait l'appeler. Son amour pour elle n'était donc que mensonge. Ma petite princesse, mon œil ! Menteur, va te faire foutre, salaud ! Sa vie – animée par le regard que son père portait sur elle – n'avait été qu'un leurre. Il était parti sans même la prévenir. Peut-être aurait-elle compris. Sur une feuille blanche, déposée sur la table, adressée à personne, le lâche ! « Je ne peux plus vivre ici. J'étouffe. Je vous aime. » Et il avait signé de ses prénoms et patronyme. L'adieu officiel du traître, déserteur et dégonflé, qu'elle avait appelé papa, papou, et qu'elle aimait, qu'elle adorait ! Elle ne se souvient pas d'avoir pleuré ce jour-là, ni les jours qui ont suivi. Sa peine, trop grande, l'aurait broyée si elle n'était pas restée à la surface de son corps. Elle avait creusé un sillon ou deux autour de ses yeux magnifiques, et sans qu'elle le sache, cette perte avait dynamité son port d'attache.

Même si son père avait abandonné ses deux frères et sa mère, elle avait toujours pensé que cet affront lui était personnellement destiné. Cette chose innommable, cette gifle indélébile estampée sur sa joue, elle ne lui pardonnerait jamais. Elle avait trouvé « outrage » dans une pièce de Racine qu'elle lisait.

Pendant des années, elle avait menti à ses amis et à ceux qu'elle rencontrait. Elle disait : « Mon père est mort. » Elle minaudait : « Je suis orpheline », pour ne pas sentir l'horreur de ces trois mots, elle minaudait. Elle n'aurait jamais avoué : mon père m'a abandonnée. Pourquoi ne pas sortir les violons, tant qu'à y être, et se mettre à brailler, et ajouter la honte à l'outrage ! Même si son père téléphonait parfois ou envoyait des cartes postales de Hongrie, de Nouvelle-Zélande ou d'Indonésie, le mal était fait, pour elle, il était mort.

Pour calmer sa colère et sa peine, dont elle ne parlait à personne, pour arriver à passer au travers, elle avait pris l'habitude de boire. Avec le temps, ce qui avait servi à amadouer sa colère, à endormir son chagrin, était devenu un mode de vie.

Quand elle buvait, ça allait. Tout était plus beau quand elle buvait. Comme par magie, elle se trouvait belle, devenait intéressante et drôle et n'avait plus peur de rien. Tout était adéquat et avait sa raison d'être. La vie, toute la vie aurait dû rester ainsi, aimable et douce... et il aurait fallu que rien ne s'arrête jamais. Elle respirait enfin sans angoisse aucune, à l'unisson avec ses amis, son amoureux du moment, et tous ceux qui la mangeaient des yeux. Et le monde soudainement avait un sens. Elle n'était plus seule.

Elle adorait l'état d'ivresse, qui lui faisait entrevoir que tout était possible, qu'elle allait faire de grandes choses dans sa vie, qu'elle se trompait quand elle se trouvait nulle. Elle n'était pas nulle, mais extraordinaire comme son père lui répétait si souvent. Son père n'était plus là, mais peu importe, elle était assez grande pour vivre sa vie sans lui, sans sa mère éplorée, sans ses deux idiots de frères. Le monde était magnifique et toutes les personnes qui l'accompagnaient dans sa soûlographie l'étaient aussi.

Cette perception du monde et d'elle dans ce monde la rendait euphorique. Ça devait continuer encore et encore. L'exaltation grandissait à mesure que la soirée avançait. Vin, bière et *shooters*. *Shooters*, vin, bière. Maintenir à flot cet état si plaisant, mon Dieu, faites que ça dure pour l'éternité. Elle qui ne croyait à rien se mettait à croire à Dieu avec une barbe blanche, à Shiva avec tous ses bras réconfortants, à l'Amour charnel, spirituel, universel.

Puis, sans voir venir, tout se mettait à débouler.

Comment garder le cap, comment ne pas franchir ce point de non-retour. Comment ? Comment ? Comment ? Et puis de la marde ! *Fuck you all*. En une fraction de seconde, c'était fait. Elle se dédoublait. Elle savait qu'elle allait trop loin, et en même temps, elle était attirée par ce trop loin, par cet état sans fond et sans forme qu'elle connaissait bien. Là aussi, tout était possible, dans la non-retenue, dans la démesure, dans la déchéance, dans le sabotage d'elle-même, je ne vaux pas mieux que ça dans le fond. Même si, par moments, un flash lui venait à l'esprit de ce que sa vie pourrait être si elle « se prenait en main », expression à la mode qu'elle détestait par-dessus tout, elle était déjà rendue trop loin dans l'irréparable, alors elle glissait encore plus à fond, plus au fond, glisser jusqu'à la mort qu'elle redoutait, qu'elle désirait. Et c'est là, dans cette mort, qu'elle retrouvait son enfance, son père et sa mère réunis, et elle, petite et belle et joyeuse. Disparaître pour un temps, au moins pour un temps, se laver, se nettoyer, retrouver son rire d'enfant, ses beaux grands yeux pleins de rêves et recommencer à neuf, s'il vous plaît, s'il vous plaît, oui, recommencer, reprendre sa vie d'avant, avant que tout cela arrive et fasse d'elle une abomination.

Elle est devant le téléphone et cet appel qu'elle a à faire, qu'elle ne fera pas, elle sait qu'elle ne le fera pas, même si elle sait que c'est important qu'elle le fasse. Elle s'invente des raisons pour le faire et d'autres pour ne pas le faire. Toutes les raisons sont bonnes pour prendre ce téléphone et dire qui elle est et ce qu'elle désire, et toutes les raisons sont bonnes pour éviter d'essuyer un refus, un rejet : « Ce n'est pas le bon jour, pas la bonne heure, je ne sais pas quoi lui dire, ça ne sert à rien, la secrétaire va me dire qu'il est en réunion, je ne suis pas assez en forme, il ne me prendra pas, je ne suis pas assez bonne, je n'ai pas d'expérience, pourquoi quitter mon travail, je suis bien là où je suis, je vais bafouiller, il vaut mieux lui écrire avant, et puis ça ne servira à rien, il ne me connaît pas. » Elle arrive même à se convaincre qu'il serait préférable de passer à son bureau au lieu de téléphoner. Mais elle sait qu'elle ne passera pas à son bureau, même si pour l'instant elle essaie d'y croire.

Sa respiration devient haletante. Son angoisse atteint un pic. Sans même réfléchir, elle se dirige vers le frigo. Une bière pour mieux réfléchir, oui, c'est ça, une bière pour réfléchir à la meilleure façon de procéder.

Une bière bien froide à la main, elle sort sur le balcon d'en avant. Il fait beau et la rue Hutchison est ensoleillée côté Mile End, son côté. Elle s'assoit, allonge ses jambes, prend une longue gorgée de bière, dépose la bouteille sur la petite table, ferme les yeux et laisse le soleil inonder son visage en le priant, lui, un de ses dieux, de lui dire quoi faire. Quoi faire de sa vie.

Elle se revoit debout devant son téléphone avec une angoisse indescriptible qui lui bloque le thorax et elle a honte d'elle-même. Un téléphone ! Un petit téléphone de rien du tout. Qu'est-ce qui m'empêche d'avancer, qu'est-ce qui m'arrête ? Elle reprend une autre goulée, met la bouteille froide entre ses deux petits seins, appuie fort sur son plexus, là où ça fait mal, et attend, les yeux fermés.

Pour Tamara, en ce moment, juste de dire « voilà qui je suis, voilà ce que je veux » est aussi périlleux que de sauter d'un avion sans parachute. Quand vient le moment de l'ultime effort, pour affirmer son identité, pour affronter ses peurs, pour exister par elle-même, elle va se chercher une bière, puis une deuxième, une troisième… et son angoisse s'estompe…

Elle a toujours été celle qu'on regarde, qu'on dorlote, qu'on admire, celle qu'on choisit. Une réplique moderne de *La belle au bois dormant*. Elle avait vécu sur un piédestal, loin du sol, en évitant de se colleter avec les difficultés. Jusque-là, elle avait réussi à vivre en surfant…

Rien n'était à sa mesure. Elle avait une haute opinion d'elle-même, en même temps qu'un manque de confiance et de courage pour arriver à ce qu'elle désirait. Elle ne savait même pas ce qu'elle désirait. Elle avait perdu ses repères, ne savait plus ce qu'elle attendait de la vie, et encore moins d'elle-même. Elle n'arrivait plus à tirer parti du courant comme elle l'avait fait jusque-là ni à se mettre en action pour construire sa vie d'une autre manière. Aller vers… quelque chose ou quelqu'un, comportait des risques qu'elle n'a jamais voulu prendre.

Depuis la disparition de son père, et peut-être même avant, sa vie n'a été qu'une attente. Elle attendait que le cours se termine, que le chum qu'elle n'aimait plus foute le camp, qu'un autre garçon la remarque et l'aime éperdument, elle attendait que le soir arrive pour aller boire, le matin, que son mal de tête s'arrête, elle attendait la fin du boulot ennuyeux, sa paye pour aller la flamber. Sans se l'avouer, elle attendait que son père revienne, même si elle savait qu'elle ne lui pardonnerait jamais, qu'elle lui en voulait à mort, qu'elle voulait sa mort. Elle attendait un miracle. N'importe quel miracle qui changerait sa vie.

Françoise Camirand

Elle papillonnait. D'un personnage à l'autre. Entre ses carnets et les personnages. Entre la rue et son ordinateur. Des dossiers pleins de notes prises au hasard de ses lectures, de ses promenades. Elle grappillait d'un côté et donnait la becquée à l'un ou l'autre de ses personnages. Ça avançait par petites bouchées. Un petit mot à l'un, une phrase à l'autre. Un passage à corriger, un autre à améliorer, mille à retoucher…

Des phrases, des idées, des émotions, des images lui venaient pêle-mêle et le temps de savoir à quel personnage elles étaient destinées, elles s'envolaient… pour mieux revenir… Elle les couchait alors sur le papier en leur disant : « attends, ton tour viendra. » En les protégeant ainsi de l'oubli, elle était tranquille et eux aussi. Les émotions peuvent attendre qu'on les réveille.

Des personnages apparaissaient, prenaient forme.

Elle continuait à arpenter la rue Hutchison, de Van Horne à Mont-Royal et retour. Parfois, elle empruntait l'avenue du Parc pour revenir.

Aujourd'hui, elle chante *Mistral gagnant*, une chanson de Renaud. Chaque promenade, une nouvelle chanson.

À marcher sous la pluie cinq minutes avec toi
Et regarder la vie tant qu'y en a
Te raconter la Terre en te bouffant des yeux
Te parler de ta mère un p'tit peu
Et sauter dans les flaques pour la faire râler
Bousiller nos godasses et s'marrer
Et entendre ton rire comme on entend la mer
S'arrêter, r'partir en arrière

Pour changer, elle décide de faire le trajet en passant par la ruelle Hutchison. Et c'est là qu'elle la voit… La vieille dame, debout au bord de la ruelle, est en train d'appeler les oiseaux, toute concentrée sur ce qui semble la chose la plus importante au monde.

Elle l'a croisée des centaines de fois dans le quartier, et même si elle habite à quatre maisons de chez elle, ne l'a jamais vue à l'œuvre, dans son monde.

Françoise reste cachée derrière la clôture et la regarde longtemps. Elle entend son gazouillis avant même d'entendre celui des oiseaux. Quand ils plongent comme des petits fous pour attraper le pain déchiqueté, le visage de la vieille femme s'éclaire d'un sourire époustouflant… Le sourire désarmant d'une petite fille heureuse. Et les gestes aussi. Comme si l'univers n'existait que par ce sourire, par ce geste anodin.

Dérisoire et auguste, ce moment rappelle tout le dérisoire et l'auguste de notre monde…

À m'asseoir sur un banc cinq minutes avec toi
Et regarder les gens tant qu'y en a

Te parler du bon temps qu'est mort ou qui r'viendra
En serrant dans ma main tes p'tits doigts

Thérèse Huot

Ça ne lui disait rien de bon toute cette histoire d'aimer son prochain. À l'école, on lui bourrait le crâne avec les paroles de Jésus, et le fameux « tu aimeras ton prochain comme toi-même » revenait plus souvent qu'à son tour, mais ça ne lui disait vraiment rien. Elle, Thérèse Huot, aimait les bêtes, et elle les avait toujours préférées aux humains. Avec l'âge, ça ne s'arrangeait pas. Aujourd'hui encore, à l'exception des enfants de moins de cinq ans, elle préférait de loin les chats, les oiseaux, tous les animaux, sans restriction et sans discrimination, qu'ils soient beaux, laids, vieux, blessés, malades, pouilleux, excités, voleurs ou bagarreurs. Et même les faibles qui n'arrivaient pas à attraper leur part. Tous et chacun avaient droit à son attention, à son affection, à sa bouffe, à son eau, à ses soins, à ses caresses. Les animaux qui traînaient dans la ruelle Hutchison le sentaient et savaient où aller en cas de besoin ou même juste comme ça pour faire un tour, dire bonjour aux autres, et lécher les mains cajoleuses et généreuses de l'hôtesse.

Depuis que son mari était mort et que ses enfants s'étaient évanouis, la vieille dame amie des esseulés et des affamés vivait seule, donc plus personne pour lui dire qu'elle exagère, que la nourriture, ça revient pas mal cher à la longue et qu'est-ce que ça donne veux-tu ben dire à part la puanteur et la merde à ramasser, envoye fort, si t'aimes ça travailler pour rien pis jeter ton argent par les fenêtres, moi en tout cas... Enfin la paix, la sainte paix.

Elle n'invitait jamais personne chez elle sauf les chats, les chiens. Les écureuils s'invitaient tout seuls, et les oiseaux avaient leurs nichoirs en permanence avec des graines de toutes sortes en quantité. La plupart du temps, ses visiteurs restaient dans la cour et se prélassaient sous le seul arbre, un érable à Giguère. Elle passait de l'un à l'autre, leur parlait, les flattait, leur offrait à boire et à manger et finissait par s'asseoir parmi eux sur la chaise en plastique inusable laissée là à l'année longue. Pendant l'hiver, le balcon offrait plus de confort aux convives, et la cuisine, encore plus, par nuits de grands froids.

Thérèse Huot ne sortait jamais de chez elle par la porte d'en avant. Elle empruntait la ruelle, à deux pas de l'avenue du Parc. Même l'hiver, et au risque de se faire mal au dos, elle se déblayait toujours un chemin. La ruelle était le prolongement de sa cour, et elle s'y sentait bien, malgré les détritus et les camions qui rendaient la marche hasardeuse. Mais qu'est-ce qu'elle n'aurait pas fait pour voir un animal qu'elle ne connaissait pas encore, et émietter quelques tranches de pain toujours fourrées dans son sac en faisant des sons bizarres qui attiraient les oiseaux et faisaient sourire les camionneurs.

Si les habitants de la rue Hutchison l'avaient vue marcher dans leur rue, ils l'auraient prise pour une sans-abri égarée. Hutchison n'était pas une rue chic, on pouvait y voir toutes sortes de gens et de plus en plus de hassidim, mais jamais de clochards, d'itinérants et autres mendiants. Ils se tenaient tous sur l'avenue du Parc devant le Dollarama, la pharmacie Jean-Coutu ou la SAQ avec leur gobelet en carton et leur bagage sur deux roues. Chacun avait sa manière de faire la manche, sa façon d'attirer l'attention, de dire merci, ses phrases toutes faites, et son sourire pour faire pitié ou attendrir les passants. Ceux qui venaient régulièrement faire leurs courses sur Parc les connaissaient tous. Et par un mystérieux processus, donataires et donateurs se choisissaient. On finissait par donner quelques pièces à son chouchou, et on laissait tomber les autres sans culpabilité. Allah est grand et Dieu est juste, quelqu'un d'autre allait s'en occuper…

Les samedis, et parfois les dimanches, une mendiante pas comme les autres débarquait dans le quartier. Elle se plaçait, non pas devant une porte de magasin, mais entre l'épicerie Mile End et la pharmacie, toujours au même endroit, en retrait du trottoir, hiver comme été, pendant toute la journée. Vêtements propres, sac en similicuir accroché à l'épaule, bien plantée au sol, elle regardait droit devant elle, sans bouger, sans rien demander, les deux mains jointes sur son verre qu'elle collait à sa poitrine. Elle décollait ses mains au moment où quelqu'un lui tendait une pièce et les ramenait aussitôt vers elle. Pendant l'hiver, même si la neige était plus que généreuse et qu'il faisait frette en saint ciboire, elle ne trépignait pas. Elle restait plantée là, toujours bien droite, sur une boîte de carton aplatie qu'elle apportait pour se protéger du froid.

Thérèse Huot, elle aussi, avait choisi son chouchou. Le premier samedi où elle avait vu la nouvelle venue, celle-ci portait un bonnet rose fuchsia avec une grosse épinglette représentant un chat. Thérèse s'était placée à côté d'elle, pour ne pas obstruer le passage d'une éventuelle offrande, et lui avait demandé si elle aimait les chats. Et c'était parti ! Leur conversation se prolongeait de samedi en samedi. Les chats, la santé, les enfants, l'argent, le froid, la chaleur, il y avait de quoi alimenter une bonne jasette chaque semaine à l'aller et au retour des emplettes. Après tout, elles ne se voyaient qu'une fois par semaine. Mme Huot arrivait parfois avec des biscuits achetés chez Dollarama, son magasin préféré, et une tasse thermos achetée au même endroit et remplie à ras bord de thé bien chaud et bien sucré. Elle lui tenait son verre en carton pendant que Mme Groulx buvait et mangeait.

L'image de ces deux femmes était confondante : verre à la main, debout côte à côte, elles zieutaient les passants en placotant et en riant. Avec leurs chapeaux démodés et leur accoutrement pas possible, elles étaient soit deux clowns qui se moquaient d'eux, soit deux mendiantes. Et si c'étaient deux mendiantes, voulez-vous bien me dire ce qu'il y avait de si drôle ?

Pour ceux qui venaient régulièrement faire leurs emplettes sur l'avenue du Parc, la mendiante du samedi était la mendiante du samedi. Mais pour Thérèse Huot, elle était devenue Mme Groulx, le seul être humain avec qui elle parlait depuis la mort de son mari, si l'on excluait les quelques phrases adressées aux marchands ou les deux trois mots pour envoyer chier une voisine qui veut nous faire la morale à cause des trop nombreuses bêtes dans la cour.

Thérèse Huot n'a jamais déposé d'argent dans le verre de Mme Groulx, sauf la première fois avant de la connaître, non par radinerie, mais par gêne. Leur amitié s'était développée et le huard que l'on dépose en vitesse n'avait pas de commune mesure avec ces trois ans et demi de bavardage joyeux qu'il fasse chaud ou qu'il fasse froid.

Thérèse Huot n'avait pas beaucoup d'argent, mais elle se sentait riche, car sa vie était exactement ce qu'elle voulait qu'elle soit. Henri, son mari, avait eu une seule bonne idée dans sa vie: acheter l'appartement qu'ils habitaient. Mis à part l'entretien, les taxes et autres tracasseries, se loger ne lui coûtait plus rien. « Je suis gras dur », comme elle disait souvent. La rente de son défunt mari et son allocation de sécurité de la vieillesse suffisaient amplement pour se nourrir et gâter les bêtes qui lui rendaient visite, faire des dons à deux organismes de protection des animaux, et visiter deux fois par année le zoo de Granby. Thérèse portait le même imperméable écru, printemps, été, automne, depuis au moins trente ans, et un manteau d'hiver marron avec un col en fourrure grugé par le temps et sûrement par les mites. Elle était à l'abri du besoin, de tous les besoins. Elle se foutait du regard des gens. Tant qu'il y avait des bêtes qui lui rendaient visite, elle était heureuse. Et des animaux dans la ruelle Hutchison, il y en avait plein, en plus de Duchesse, Tartine et Cavaleur, ses chats, et Caboche, son chien.

Il y avait aussi ses enfants qui pouvaient rappliquer à un moment ou à un autre. Elle n'y tenait pas plus que ça, mais leur ouvrirait sa porte si jamais. Même si elle avait une préférence marquée pour les animaux et les enfants d'âge préscolaire, et que son penchant pour les humains adultes était loin d'être naturel, elle ne les haïssait pas, « c'est mes enfants, après tout ! ». Mais leur vie n'avait plus rien à voir avec la sienne. Ils vendaient et achetaient toutes sortes de choses dont elle n'avait aucune idée, entassaient leur argent dans les banques, et se sentaient super importants. Ils venaient la visiter comme s'ils lui faisaient une faveur ou qu'ils accomplissaient leur B. A. semestrielle. Tant mieux, ils ne restaient pas longtemps. Ils débarquaient les trois ensemble, pour se rencontrer, on dirait, pas pour la voir elle. Ils discutaient de leurs affaires, en chinois ç'aurait été pareil, de leurs dernières acquisitions, yachts, autos ou maisons, qu'elle ne verrait jamais, elle s'en foutait de toute façon.

S'ils venaient un jour avec des bébés, ce serait différent. Mais ça ne risquait pas d'arriver, elle le savait. Ses enfants n'aimaient ni les animaux ni les bébés. Beau dommage, parce que leur mère, Thérèse Huot, préférait les bébés qui pleurent ou qui rient, les oiseaux qui gazouillent, les chats qui miaulent, ronronnent ou lapent leur lait, tous les animaux, en somme, à l'exception des écureuils. Elle n'avait jamais vu de bêtes qui ramassent et mettent en banque, sauf les écureuils… et ses enfants.

Françoise Camirand

Très longtemps qu'elle n'avait reçu personne à souper. Son repas du soir, elle le prenait souvent avec Jean-Hugues, son amoureux, qui était aussi son éditeur. Elle préférait recevoir ses trois amis écrivains, sans lui. Il le savait. Et avant même qu'elle le lui rappelle, il s'éclipsait en douce, prétextant du travail en retard ou un rendez-vous important, pour ne pas avoir à subir l'affront de n'être pas invité...

Elle leur avait préparé des *capmas* au poulet mariné, un plat simple, mais très long à faire.

Lors d'un voyage en Bulgarie, il y a de ça plusieurs années, elle avait appris à farcir les feuilles de vigne à la viande et au riz, un plat appelé *capmas*. Au lieu de ressembler à de petits cigares, ses rouleaux à elle étaient informes et risquaient de se défaire à la cuisson. En riant, son hôtesse les lui avait repris des mains, et en un geste rapide qui semblait si simple, la boule disgracieuse était devenue *capmas*. « Il faut s'entraîner Françoise, moi, j'en ai fait des milliers, et vous, pas même dix, patience ! » Mais elle avait fini par apprendre.

Mme Gabrovo préparait ce plat seulement pour les grandes occasions, sauf que, voyant que Françoise aimait tellement les *capmas*, elle n'avait pas pu résister à le refaire, ne serait-ce que pour le plaisir de voir son invitée s'exclamer, et peut-être, qui sait, finir par apprendre à rouler convenablement les feuilles de vigne. Et puis, recevoir une romancière québécoise était exceptionnel. Mme Gabrovo en était fière, d'autant plus qu'elle avait lu et aimé toute son œuvre et s'apprêtait à traduire son dernier roman.

Chaque fois que Françoise faisait des *capmas* – seulement pour les grandes occasions, elle aussi –, elle repensait à Mme Gabrovo et à son rire, à son bel accent et son français impeccable. « Françoise, tout est dans le souffle, c'est ce que les vieux d'ici disent. Entre un plat et un autre, avec sensiblement les mêmes ingrédients, c'est le souffle de celle qui le fait qui apporte la différence et donne un goût particulier… Tout comme pour un roman… », avait-elle ajouté avec un sourire de connivence.

Françoise ressortait chaque fois la feuille jaunie et relisait la recette qu'elle connaissait par cœur.

Frotter les morceaux de poulet avec le sel, puis laver à grande eau et égoutter. Faire macérer dans de l'huile d'olive, de l'ail, du jus de citron et des épices pendant au moins vingt-quatre heures. Recouvrir le fond du faitout d'une rangée de feuilles de vigne non farcies, puis placer le poulet en laissant le moins d'espace possible entre les morceaux. Déposer les *capmas* serrées les unes contre les autres sur plusieurs rangées s'il le faut, avec quelques gousses d'ail ici et là. Ne pas oublier de couvrir avec une assiette tournée à l'envers et sur laquelle on verse un bouillon de poulet fait maison ou simplement de l'eau avec un peu de sel, jusqu'aux trois quarts. Couvrir et amener à ébullition, puis laisser cuire lentement. Goûter pour voir si la cuisson est bonne, mais ne pas tout manger. En laisser pour les convives. Servir avec du yogourt agrémenté de menthe séchée.

Elle fit le souper en plusieurs étapes. Quand elle n'arrivait plus à écrire, que les personnages fuyaient, elle roulait quelques *capmas* et les congelait.

À chaque feuille de vigne qu'elle roulait – avec juste ce qu'il faut de viande et de riz, pas trop, car le rouleau perdrait de son moelleux, ni trop peu parce qu'alors il perdrait sa forme, et le goût de la vigne l'emporterait sur celui de la farce – Françoise pensait à ses amis. Elle imaginait la soirée… Ce que ses amis allaient raconter, la manière particulière de chacun de parler, d'écouter, de rire, de faire rire les autres. C'était agréable. Elle vivait la soirée par anticipation. Préparer un repas de fête ressemble beaucoup à écrire un livre. Tout se passe avant, dans l'imagination, puis dans la réalité du riz que l'on met à cuire, de la viande que l'on apprête, comme du mot qui devient une phrase, un personnage, une histoire. Tout est élaboré avec soin pour que l'invité (ou le lecteur) se délecte comme on l'avait imaginé. Après tout, le repas n'est qu'un prétexte pour se rencontrer, passer un beau moment ensemble… Le livre aussi.

Ses amis avaient commencé à écrire presque en même temps qu'elle. Ils ne se connaissaient pas au moment de leur premier livre, mais peu à peu, au hasard des rencontres littéraires, les affinités aidant, ils étaient devenus amis. Deux par deux d'abord, puis les quatre ensemble. Jeunes, ils se voyaient souvent, se lisaient leurs textes, commentaient, se soutenaient. Chacun aimait l'écriture des autres. Aucune jalousie entre eux. À certaines périodes, l'une avait du succès, l'autre ramait, d'autres fois c'était le contraire. Toujours est-il que le respect et l'admiration pour les œuvres des autres restaient intacts. Même si ça devenait un tour de force de trouver une soirée où les quatre soient libres en même temps, leur amitié durait, aussi forte qu'au début.

Ils riaient, cancanaient, méméraient, parlaient de tout et de rien, puis venait le moment où chacun prenait la parole pendant que les autres écoutaient. À tour de rôle et en prenant tout le temps qu'il fallait, chacun parlait de son écriture, là où il en était, en soumettant parfois un problème d'écriture spécifique, qu'ils débattaient avec ardeur et générosité.

L'une écrivait une pièce de théâtre inspirée d'un voyage en Afrique, la deuxième avait la Chine comme toile de fond, et le troisième scénarisait un long métrage dont l'action se passait entre Chibougamau et le Pôle Nord. Françoise Camirand était la seule à ne pas s'éloigner d'un pouce de son patelin…

Elle leur parla de son projet bien engagé d'écrire un roman basé sur des personnages de la rue Hutchison. « Pourquoi Hutchison ? », ont-ils demandé. « Parce que je vis ici depuis l'âge de seize ans, a-t-elle répondu, et ce sera la première fois que je parlerai des gens de ma rue que je côtoie depuis tout ce temps. »

Et elle commença à leur raconter ce que la rue Hutchison et les gens qui y habitaient avaient de particulier…

Ses voisins, elle les avait vus marcher, chacun d'une manière unique, reconnaissable même de loin. Elle les avait vus parler aux marchands, aux caissières, et se parler entre eux. Elle les avait vus dans les allées du magasin 4 Frères, à la pharmacie, hésitant devant un article à choisir ou trépignant d'impatience dans la file ou attendant leur ordonnance en lisant un polar ; au YMCA, elle avait parfois vu leurs corps nus sans connaître leurs noms.

Elle les avait entendus parler français, anglais, yiddish, grec, arabe, arménien, italien, chinois et d'autres langues qu'elle n'arrivait pas à identifier. Elle avait entendu des francophones parler l'anglais, parfois par amabilité, parfois par paresse d'avoir à répéter ou à parler lentement pour se faire comprendre, parfois aussi par manque d'affirmation et oubli de soi. Elle avait entendu des gens venus d'ailleurs dire à ces mêmes francophones : « Pourquoi tu me parles en anglais ? Parce que j'ai l'air d'un étranger, c'est ça ? Vous autres, les Québécois, vous me faites mourir de rire ! Branchez-vous, une fois pour toutes ! »

Elle les avait vus nettoyer leur cour, arroser leur jardin, donner à manger aux oiseaux, faire sagement la file à la banque ou se faufiler pour prendre la place de quelqu'un. Elle les avait vus attendre l'autobus en grelottant, en chantant, en pleurant. Elle les avait vus sur leur balcon, seuls ou avec des amis, déblayer leur auto en sacrant ou en s'entraidant, donner quelques pièces à un mendiant, choisir des fruits, sortir d'un taxi, de l'épicerie, engueuler les marchands ou rire avec eux, prendre le temps de choisir un bon vin ou attraper la première bouteille qui leur tombait sous la main; elle les avait vus dans les parcs d'Outremont, dans les cafés du Mile End. Elle avait entendu leurs chants en passant sous leurs fenêtres ou leurs chansons entre copains.

Elle les avait vus tant de fois en trente-neuf ans.

Elle les avait vues en pantoufles, avec leur turban blanc ou noir et leur gros manteau entrouvert, entourées d'enfants emmitouflés, à attendre dans le froid glacial l'autobus scolaire qui ne venait pas. Elle les avait vues pousser leur carrosse à deux places, suivies d'une trâlée d'enfants.

Elle avait vu des couples d'amoureux hassidiques qui s'embrassaient des yeux, des garçons à bicyclette qui coursaient sur le trottoir, des petits accrochés aux pantalons de leurs frères, aux jupes de leurs sœurs, des bébés dans les bras de leur père, des adolescents bras dessus bras dessous avec leur grand-mère qui arrivait à peine à marcher.

Elle avait vu des garçons et des filles transporter des sacs pour leurs vieux voisins qui se déplaçaient péniblement avec canne ou déambulateur. Elle avait vu des actrices qu'elle connaissait par la télévision ou le théâtre, et que personne ne reconnaissait.

Elle avait vu des filles et des garçons tituber à quatre heures du matin, ceux-là mêmes qu'elle avait vus bébés, et qui maintenant en avaient.

Elle avait vu des gens se moquer des hassidim et rire d'eux en pleine face ou dans leur dos. Plus d'une fois, elle avait vu un homme au sourire méchant lâcher son gros chien sur des enfants juifs en sachant très bien qu'ils ont une peur atavique des animaux et surtout des chiens.

Elle avait vu des ambulances, des maisons prendre feu, des voitures de police, des corbillards et des voisins en pleurs, effondrés, n'arrivant plus à retrouver la porte de leur maison.

Elle avait vu se construire des *yeshivot* et des synagogues, des *soukkot* sur les balcons, des *mikvaot* dans les caves.

Elle avait vu des processions hassidiques, des mariages grecs. Des pancartes pour le « Oui » et d'autres avec le « Non merci ».

Elle avait vu des scènes de ménage, des batailles entre copains, des disputes entre voisins.

Elle avait vu des gens regarder dehors pour se désennuyer. Et d'autres qui essayaient de voir ce qui se passait derrière les fenêtres.

« Depuis l'âge de seize ans, je regarde. Parfois sans regarder. C'est fou tout ce qu'on peut voir quand on ne fait pas attention. À force de regarder, le temps aidant, malgré nous, l'étrange devient familier.

« J'ai toujours voulu être un oiseau, ou plutôt une caméra invisible, une caméra qui ne fait pas de bruit, qui entre jusque dans le cœur des gens pour voir comment chaque cœur bat pendant que personne ne le voit. Le voyeur aime voir les actions défendues, moi, j'aime les sentiments cachés. Intérieurs. Ce que la personne vit avec elle-même et avec ceux qu'elle aime ou n'aime pas. J'aime entendre ce qui bout en chacun. Ce qui n'arrive pas à se vivre. Ce qui stagne. Je veux comprendre comment, et par quel chemin, une personne est devenue ce qu'elle est. Et pourquoi elle n'est pas devenue ce qu'elle aurait dû être. Ou ce qu'elle aurait aimé être. J'ai toujours eu envie d'être passe-muraille… passer à travers les murs que chacun se construit… »

Elle se leva pour aller chercher le dessert, changer les verres et les assiettes, ouvrir une autre bouteille de vin. Ils trinquèrent au plaisir d'être ensemble et elle enchaîna après avoir bu une bonne gorgée.

« Le mot *fraternel* est peut-être un peu fort, mais c'est ce que je sens en écrivant sur mes voisins… Je fraternise avec eux… Même s'ils ne le savent pas forcément, et que cet élan vers eux restera sans réponse. Peu importe. C'est un plaisir de me rapprocher d'eux, de mettre en mots ces instants fugaces que j'ai vécus en les observant… J'aimerais tendre un fil invisible de moi à eux, d'eux à moi. J'aimerais arriver à toucher ce qui d'eux est en moi. Et peut-être, pourquoi pas, ce qui de moi est en eux. »

Elle s'arrêta net et se mit à rougir : « Oh mon Dieu ! Si je les regarde et que je les vois depuis tant d'années, ça veut dire qu'eux aussi me regardent et me voient… »

– Ne t'en fais pas, lui dit son amie en riant, personne de ta rue n'écrira sur toi, sinon ton biographe ! Mais il faudra d'abord que tu aies un pied dans la tombe, ce qui n'est pas près d'arriver !

Ils trinquèrent à sa santé et à celle de son éventuel biographe. Et la discussion reprit. Le regard que l'écrivain porte sur sa société, puis les personnages de la rue, et bien sûr, les hassidim – mon Dieu, comment tu vas faire ?! –, et les interrogations déboulaient.

La soirée tirait à sa fin, réussie de l'avis de tous, les *capmas*, un délice... qui aurait pu nourrir une armée... Et le seul gars du groupe, qui était aussi le seul à avoir des enfants encore à la maison, était content d'emporter un paquet tout plein de *capmas* et de poulet, qui feraient le régal de ses enfants, « sinon, disait-il en riant, je me sacrifierai, une fois de plus ».

Elle était heureuse d'avoir vu ses amis, et fatiguée, aussi, – depuis sa dernière tournée des médias, elle n'avait pas parlé autant !

Toutes leurs questions et réflexions bouillonnaient dans son cerveau, et elle avait hâte de s'endormir, et de s'éveiller en forme pour travailler.

Alain Pasquier

Ça faisait plus de trente ans qu'Alain Pasquier habitait dans ce grand 8 ½ de la rue Hutchison. Avec le temps, la maison s'était boursouflée de meubles, d'objets, de gugusses, de bidules, de dossiers épais et jaunis, d'armoires et de bibliothèques pleines à craquer ; toiles, affiches, photos couvraient chaque centimètre carré des murs ; des garde-robes bourrées de gros sacs verts et de valises déglinguées que ses enfants viendraient chercher, je te le jure papa, le jour où ils vivraient dans plus grand. Et depuis quelque temps, son logement était recouvert d'une épaisse couche de poussière, pas très feng shui, dit-on, la poussière rappelle la mort.

Alain et Marie-Claude, sa première épouse, avaient acheté cet appartement pour quinze mille dollars à la fin des années soixante-dix du siècle dernier. Ils l'avaient trouvé cher à l'époque, et n'auraient pu l'acheter si la mort d'une riche et gentille tante de Marie-Claude ne leur avait donné un coup de pouce. Ils étaient tous les deux de jeunes chargés de cours, elle, en mathématique, lui, en littérature, et la vie était belle.

À voir son visage déconfit et désenchanté, on a peine à croire qu'il fut un jour heureux. L'a-t-il vraiment été ? Un homme de l'âge de Pasquier est en droit de se le demander. Quand il vivait avec Marie-Claude, il n'avait pas le temps pour les épanchements du style : suis-je heureux, est-ce que j'aime enseigner, est-ce que je désire avoir des enfants, ne voulais-je pas écrire depuis l'âge de douze ans ? Sa femme était un mélange assez réussi de bulldozer et de rossignol, et lui était plutôt indécis et sans aucune confiance en lui. Le bulldozer prenait en charge l'indécision d'Alain et le rossignol, son manque de confiance. Il l'aimait comme un fou, elle l'aimait d'un amour qui aurait pu sauver le monde, si le monde et Alain avaient pu être sauvés. Deux enfants étaient nés de cette union et dans cette maison.

On pourrait penser qu'il avait échoué à accomplir ses rêves, que c'était pour cette raison qu'il avait un air rabougri et malheureux, quand il marchait rue Hutchison ou ailleurs, qu'il s'était laissé prendre comme beaucoup de gens par le tourbillon de la vie quotidienne, le boulot, les enfants, je gagne bien ma vie, pourquoi m'appesantir sur mon sort, pourquoi vouloir autre chose. Mais la vérité, c'est qu'il n'avait jamais eu de rêves. Ses rêves, il les avait pilonnés à mesure qu'ils arrivaient à franchir la petite porte de sa conscience. Il avait le droit de chialer, d'être insatisfait, d'en vouloir au monde entier, mais il ne s'était pas permis d'avoir des rêves.

Alain n'avait pas une conscience juste de qui il était. L'idée ou le sentiment qu'il avait de lui-même n'avait aucune constance, aucune assise. Il se croyait d'une intelligence supérieure, et le lendemain ou une heure plus tard, le dernier des ignorants, un incapable tout juste bon à jeter à la poubelle. Il n'était ni supérieur ni bon à rien, mais se situait comme les sept huitièmes de la population mondiale quelque part entre ces deux pôles. Être dans la moyenne n'avait aucun intérêt à ses yeux. Il préférait se croire supérieur ou nul à chier. À cinquante-cinq ans, ces antipodes qu'il vivait depuis l'enfance, il ne les avait pas remis en question. Les croyances qui nous viennent de l'enfance ont la couenne dure, tous ceux qui s'y sont frottés à travers des psychothérapies ou autres recherches sur soi-même vous le diront. Alain Pasquier se gonflait de vanité, et se dégonflait, plusieurs fois par jour. Un seul sourire d'une de ses élèves pouvait le surélever, une seule critique pouvait l'ébranler et le faire vaciller, jusqu'au prochain regard ou aux prochaines paroles bienveillantes qui pourraient le requinquer.

Amoureux ou pas, aimé ou non, il n'était jamais à l'aise, tranquille, joyeux, bien dans sa peau. Il ne connaissait pas de repos. C'était un être accablé, portant un fardeau dont il ignorait la provenance et la composition. Il souriait, et riait parfois, mais son sourire trahissait une peine ancienne, et son rire, souvent teinté de dépit, était sans joie.

Alain Pasquier ne savait pas qui il était, mais peu lui importait de ne pas le savoir, ce qu'il voulait, ce qu'il désirait le plus au monde, et peut-être était-ce ce désir qui avait été le moteur de toute sa vie: être aimé par la femme qu'il aime. Sans le regard amoureux d'une femme, son miroir craquait de partout, sa vie prenait une débarque, même si, quand on y regardait de plus près, sa barque était une pauvre chaloupe pleine de trous depuis l'enfance.

Alain Pasquier a toujours eu beaucoup de succès auprès des femmes. À le voir ainsi affalé dans son fauteuil, les yeux rouges à force de pleurer, on se demande ce que les femmes ont bien pu lui trouver. C'est qu'il a du charme, beaucoup de charme. Quelque chose dans ses beaux yeux tristes et dans tout son être criait : sauvez-moi, ou dans un ton plus poétique, je remets ma tête, mon cœur, mon corps entre vos deux mains blanches, broyez-moi, si le cœur vous en dit, sans vous, je ne suis rien. Et bien sûr, n'importe quelle femme un peu maternelle ou romantique ou ayant la fibre de Jésus-Christ sauveur du monde au féminin tombait dans le panneau de ses beaux yeux embués, de sa crinière de poète maudit.

Ses amantes et ses deux femmes légitimes n'ont jamais été déçues, tout au moins sur un point précis : Alain Pasquier était un amant hors du commun. Il aimait les femmes, la femme, le féminin – sauf sa mère et ses sœurs, qu'il détestait à s'en confesser.

Il adorait leur compagnie, leur bavardage, leurs champs d'intérêt, leurs préoccupations, leur intelligence, leur formidable capacité d'aimer, leur bonne humeur, leurs changements d'humeur dus aux symptômes prémenstruels, à des caprices ou au besoin d'être proche proche de leurs sentiments.

Parler hockey, chars ou fluctuations de la bourse ne l'intéressait pas du tout. Il préférait, et de loin, ce que les Anglais appellent le *small talk over a cup of tea*, les potins et le magasinage (eh oui !), le théâtre, et bien sûr, les livres, les romans à la mode tout autant que les grands classiques et les grands auteurs de Duras à Yourcenar, de Proust à Fuentes, et Vásquez Montalbán, qu'il leur avait fait découvrir et aimer. Ses amies étaient toutes des femmes, à l'exception d'un ami d'enfance avec qui il dînait une fois ou deux par année, ce qui était juste assez pour lui rappeler que la compagnie des hommes, très peu pour lui, et qu'est-ce que je ferais, mon Dieu, si du jour au lendemain il n'y avait plus de femmes dans le monde !

Une fois guéri d'elles, il reprenait contact, et elles revenaient, oubliant les scènes épouvantables, les grossièretés, les calomnies, le chantage et les lettres d'insultes. Du charme, il en avait, et les femmes aimaient sa compagnie autant qu'il aimait la leur. Ses anciennes étudiantes, qui avaient beaucoup reçu de leur professeur, rappliquaient elles aussi, après des années. Pasquier était généreux de son temps et de son savoir, jamais condescendant, toujours stimulant, ses classes étaient pleines. Qu'il soit déprimé, découragé, déçu de sa vie, quand il arrivait en classe, il donnait toujours le meilleur de lui-même, et avec brio.

De tout temps, Alain Pasquier avait été incapable d'imaginer le futur, de se voir dans l'avenir, mais le passé, il pouvait le revivre à volonté, dans les moindres détails, surtout ce qui lui avait fait mal.

De toutes celles qui l'avaient largué, son premier grand amour, la mère de ses enfants, remportait jusqu'à ce jour la palme quant à la durée et à l'intensité de la douleur de la séparation. Dépression, arrêt de travail d'une année. À cette époque, sa mère, qui ne l'avait jamais aimé, était quand même venue s'occuper de lui. Marie-Claude l'avait planté là en lui laissant la maison et les enfants, et bye-bye, je ne veux plus rien savoir de toi. Il avait sombré dans un désespoir profond, d'autant plus que Marie-Claude avait été impitoyable. Après lui avoir clairement dit pourquoi elle le quittait, elle avait disparu. Tout simplement disparu. Elle lui avait redonné vie en l'aimant, et d'un coup sec, elle avait tiré la fiche. Le noir absolu. Le néant. Comme si entre eux rien n'avait existé. Comme s'il n'avait jamais existé. Plus aucune prise sur sa vie. Tout s'écroulait. Plus de plancher, plus de plafond. Juste une vieille crevasse dans laquelle il s'enfonçait. Il disparaissait dans le mal-être de son enfance, et vivait sa propre inexistence – si vivre l'horreur peut s'appeler vivre.

À chaque séparation, c'était plus ou moins la même douleur. « Pourquoi me quittent-elles toutes ? Je les aime tant ! Je les ai tant aimées. Je ne peux pas vivre sans elles. J'ai tout fait. J'ai tout fait. »

Sa deuxième épouse vient de claquer la porte. « Mon Dieu, je vais mourir… »

Elle a parlé longtemps. Il n'a rien entendu, mais il le sait. C'est définitif et sans recours. Il ne s'en remettra jamais. Trop vieux. Déchu. À bout. Une vieille chaussette trouée et sale oubliée dans le fond de la corbeille. La vie n'a aucun sens, elle n'en avait jamais eu.

Elle descend l'escalier. « Je ne vaux rien puisqu'elle ne m'aime pas. »

Il entend la porte se refermer.

Tout son être se décompose. Je ne vaux rien puisqu'elle ne m'aime pas, enregistré à l'âge de cinq ans, quand il a été sûr et certain que sa mère ne l'aimerait jamais. Les sons s'amplifient et se distorsionnent. « Je ne vaux rien. Je suis un raté. Ma vie n'a jamais été à la hauteur. Je mourrai comme je suis né. Rejeté. Mendiant. Même ma mère. Toute ma vie, j'ai mendié. Aimez-moi. Même mes enfants aiment mieux leur mère. Moi aussi j'aimais ma mère… Juste un sourire, un regard doux… Dieu que je l'aimais. Dieu que je l'aimais. Je suis fatigué. Fatigué. »

Comme à son habitude, la fille d'Alain Pasquier venait voir son père une fois par semaine, en fait, elle venait faire sa lessive. Ce jour-là, elle le trouva endormi. Vraiment rare qu'il dorme sur le canapé du salon, c'est ce qu'elle a pensé tout d'abord.

Elle n'a pas fait attention à la feuille manuscrite qui traînait sur le plancher entre la table basse et le canapé.

Des feuilles de papier, il y en avait plein dans la maison. Deux bureaux et quatre tables débordaient de dossiers maintenus par des presse-papiers de toutes les formes. Son père menait beaucoup de projets de front, certains arrêtés depuis longtemps, aucun n'avait abouti. Il les laissait là, tout près, au cas où…

Le journal de Hinda Rochel

Mon cousin Avrami est arrivé de New York. Toute notre maison est changée. Moi j'ai juste hâte d'aller à l'école. Même le shabbat qui est mon jour préféré parce que c'est la paix dans la maison, c'est plus pareil. Tout est gâché à cause de lui. Il ne veut pas aller à la yeshiva *avec mon frère. Et moi, je ne sais plus où me mettre. Je ne peux pas rester enfermée dans les toilettes toute la journée. Il bouge tout le temps. Il change de vêtements plusieurs fois par jour, il sort, il rentre, il ressort et revient tout de suite. Il ne touche jamais à la* mezouzah, *ni en rentrant ni en sortant. Il s'en fout que notre maison soit bénie ou pas. Il veut prendre l'automobile de mon père. Mon père lui dit : « Que Dieu te pardonne Avrami, tu sais bien que c'est shabbat. » Avrami a alors dit des mots sacrilèges que je ne peux pas traduire en français. Ma mère s'est mise à pleurer et mon père d'habitude si doux s'est retenu pour ne pas le frapper. Je voulais demander à mon père pourquoi Avrami est venu habiter chez nous. Mais je n'ai pas osé. Ça allait trop mal. Adieu le* shalom-bays ! *La paix de la maison est foutue. Même notre repas de shabbat avec toutes les chandelles allumées et toutes les bonnes choses à manger, c'était pas* bon. Peut-être que c'était bon, mais je ne goûtais rien. Mon frère est quand même allé à la yeshiva pour chanter et pour prier. S'il y avait eu une yeshiva pour filles, je serais partie en vitesse.

D'habitude on chante pendant le repas de shabbat et même après. Mais Avrami il a tout gâché. Même les petits étaient nerveux. Ils n'avaient pas leurs beaux visages de shabbat. Eux aussi se sont fait disputer.

Mon père dit toujours : « Ce n'est pas parce qu'on est heureux qu'on chante, c'est parce qu'on chante qu'on est heureux. » Mais là, rien. On n'a pas chanté. Quand Avrami est parti, papa tournait en rond, il avait la gorge serrée, je crois. « Oy veh ! oy veh ! qu'il a dit, je plains mon frère, avec un fils comme Avrami, je ne sais pas comment il va faire, que Dieu lui vienne en aide. » D'habitude c'est ma mère qui dit « oy veh ! oy veh ! » Pas mon père.

Je suis sortie dans la cour arrière, mes petits frères m'ont suivie. J'aurais aimé rester seule pour réfléchir à tout ça. Mais comme c'était impossible, j'ai commencé à chercher comment traduire « oy veh ! » en français. J'ai trouvé : « quel malheur ! » Dans la vie de Florentine, il y a eu aussi beaucoup de malheur. En pensant à Florentine, je me sentais moins triste.

Françoise Camirand

Quoi de plus attendrissant que de se promener rue Hutchison le samedi et de voir des familles entières de hassidim tout « enshabbatées ». Tous, du plus petit au plus grand, dans leurs plus beaux atours, le spectaculaire *schtreimel* y compris. Cela rappelle, pour ceux qui les ont connues, les grands-messes du dimanche autour des perrons d'église dans le Québec des années 1950, et même au début des années 1960 quand Françoise allait encore à la messe avec père, mère, sœur et frères, tous endimanchés de pied en cap. Le pire, c'est qu'il fallait rester propres et sages toute la journée. Françoise avait le droit de lire. La maîtresse lui permettait d'emporter pour la fin de semaine quelques livres qu'elle dévorait, puis une fois qu'elle les avait terminés, elle les lisait à sa sœur.

La famille qu'elle croise compte dix personnes, parents compris. Deux bébés dans un carrosse double, deux fillettes de quatre-six ans, vêtues à l'identique avec chacune une capeline neuve sur leurs robes longues et satinées. Elles virevoltent, se trouvent jolies, se montrent leurs nouveaux souliers en cuir verni. Hassidim ou pas, une nouvelle paire de chaussures, c'est toujours un événement pour un enfant. Deux garçons de huit-dix ans, des hommes en miniature, portent fièrement costume et cravate, chemise blanche fraîchement repassée et kippa des fêtes. Ils courent devant. Un peu derrière, les parents et leurs deux adolescentes, elles aussi habillées pareil, seuls leurs beaux cheveux brillants et propres sont coiffés avec une légère différence.

En rentrant chez elle, elle pense au travail des mères. Le shabbat n'attend pas, il arrive à heures fixes, une fois par semaine, il faut que tout soit prêt avant d'allumer les bougies de shabbat. Pour respecter le repos obligatoire, une mère doit travailler comme une forcenée les jours qui précèdent. Tout organiser dans les moindres détails en suivant les préceptes religieux, et surtout, ne rien oublier. Plus l'heure fatidique approche plus la pression monte. Les costumes à nettoyer, les chemises blanches à laver et repasser, les trois repas à préparer, le pain à pétrir, les achats, les gâteries pour les enfants, shabbat oblige, et tout ce qu'on doit prévoir pour n'avoir rien à faire en cette journée bénie, à la gloire du Tout-Puissant... Et surtout ne pas oublier la minuterie qui doit, sans l'aide de personne, commencer la cuisson et s'arrêter à temps. Chaque semaine, c'est le branlebas de combat pour les mères, et tout est calculé à la minute près. Si on oublie de remonter la fameuse minuterie, pas de repas. Peut-être que grand-mère n'habite pas loin. Mais grand-mère a-t-elle prévu un repas pour douze ?

Cinquante-deux shabbats par année, en plus des innombrables fêtes, avec des règles précises et strictes, à ne transgresser en aucun cas. Les mères juives orthodoxes ou hassidiques sont les premières qui monteront sur l'aigle qui les mènera au paradis... Sans aucun doute, sinon, où est la justice divine ?

Hershey Rozenfeld

Méprisé de tous, considéré comme un hurluberlu, un moins que rien, Hershey Rozenfeld était la risée de sa communauté. Au lieu de le montrer du doigt comme un exemple à ne pas suivre, on préférait le ridiculiser, pour mieux l'ostraciser. Quel enfant ou adolescent voudrait s'identifier à un homme ridicule dont tout le monde se moque ?

Certaines bonnes âmes ne se gênaient pas pour lui dire de retourner là d'où il venait. Au moins, à New York, il serait loin, et bon débarras, nos enfants n'ont pas besoin de mauvais exemples, ni la communauté de bois mort et de fruits pourris, il y a déjà assez de nu-tête autour de nous, mais eux, on n'y peut rien, ils habitent le quartier depuis plus longtemps que nous, on n'a qu'à pas les regarder.

Ce qui irritait et choquait les bien-pensants, c'est qu'il parlait avec les gentils, qu'on appelle *goys* ou *goyim* en yiddish. Même que certains nu-têtes franchissaient le pas de sa porte et prenaient un café ou même un verre de bière avec lui. Un vrai scandale.

Pour pouvoir décamper de chez son oncle, Hershey Rozenfeld s'était marié avec une fille chétive dont personne ne voulait. Quelque temps après, sa jeune épouse mourut, avant même d'enfanter. Ce qui lui convenait, il ne voulait pas de rejetons – une hérésie pour ses coreligionnaires.

Après la mort de sa mère – il avait onze ans –, son père l'envoya vivre à Montréal chez son oncle. Jamais il ne s'était senti à l'aise dans sa nouvelle famille, pas plus que dans sa nouvelle communauté. Il était juif hassidique et croyant, mais il n'était pas vraiment pieux, et ne voulait pas faire semblant de l'être. Il n'aimait pas les groupes, et encore moins être en groupe. Il se retranchait en lui-même pour qu'on le laisse tranquille, et qu'on l'oublie. Et la plupart du temps, ça marchait.

Il ne faisait rien comme tout le monde.

Ce qu'il avait appris de sa mère, il le gardait précieusement par-devers lui. « Mon fils, lui avait-elle dit quelque temps avant de mourir, il y a des hommes bons et des hommes mauvais partout. La kippa ne garantit pas la bonté. Des hommes nu-tête aussi peuvent être bons. Ne l'oublie pas. »

Il n'avait pas oublié.

Il n'avait jamais voulu être apostat. Il aimait sa religion, même s'il la trouvait un peu trop rigide à son goût. Trop de commandements, trop de règlements, trop d'interdits, trop de prières, il fallait faire attention à chaque geste que l'on faisait, à chaque regard que l'on portait, à chaque morceau que l'on mangeait, à chaque liquide que l'on buvait. Tout était estimé soit pur soit impur. Rien entre les deux. Tout était régi, dicté, réglé. Beaucoup de préceptes qu'il suivait à la lettre, et d'autres dont il ne voyait pas le bien-fondé. Par exemple, se méfier de tous ceux qui n'étaient pas hassidim.

Il se disait parfois qu'il était mal tombé, né dans une religion qui ne lui convenait pas. Ou bien que le dépareillé, c'était lui, et qu'ils avaient raison de ne pas le respecter. Il lui semblait qu'à New York la religion était moins ardue. « J'étais heureux, ma mère était encore vivante, tout était simple, et allait de soi… »

Le jour de shabbat, il allait manger chez son oncle et sa tante qui l'avaient élevé, mais qui n'avaient pas réussi à lui inculquer toutes leurs valeurs. En vieillissant, Hershey avait de la peine pour eux. Il aurait bien voulu leur plaire. Mais pour leur plaire, il aurait fallu qu'il renaisse, ou mieux, que sa mère ne meure pas. Leur plaire, c'était se marier, et comme sa femme était morte, se remarier, avoir des enfants, être pieux comme un vrai hassid, rester à l'intérieur de la synagogue jusqu'à la fin des prières et ne pas sortir fumer sur le trottoir; leur plaire, c'était faire de l'argent, avoir une place respectable dans la communauté, et surtout, ne pas fréquenter les impies. C'était beaucoup. Beaucoup trop pour ses capacités d'obéir. Obéir sans comprendre, ce n'était pas Hershey Rozenfeld. Il avait l'impression d'en faire déjà beaucoup pour être accepté. Autant subir leurs sarcasmes – il s'y était habitué – et se retrancher dans son monde en attendant des jours meilleurs.

Les jours meilleurs allaient arriver, et l'oiseau à une patte allait devenir un homme respecté au sein de sa famille adoptive, et respectable aux yeux de la communauté.

Depuis l'âge de quatorze ans – il en avait maintenant trente-huit – il avait fait des jobs et des jobines de toutes sortes, chez les hassidim du quartier et souvent chez les goys. Rien pour devenir riche, mais assez pour payer sa part à son oncle et se marier. Après ce mariage qui s'était terminé abruptement, il était content, seul dans son petit appartement de la rue Hutchison, un demi-sous-sol propret qu'il aimait bien.

Il travaillait au Saint-Viateur Bagel depuis trois ans. De tout ce qu'il avait fait jusque-là, c'était le travail qu'il préférait, et de loin. Il aimait l'ambiance de la boulangerie, toutes sortes de gens entraient et sortaient, humaient leur sac de bagels avec ravissement. Lui aussi aimait respirer l'odeur de la boulangerie, et avoir les mains dans la farine, dans la pâte. Ça lui rappelait quand il était petit, et que sa mère lui donnait un morceau de pâte pendant qu'elle, habile de ses mains, confectionnait des merveilles en lui racontant des histoires de sa belle voix. Parfois, il était aux fourneaux, parfois, il coupait la pâte en de longues lisières qu'il travaillait avec amour. En un tournemain, toujours impeccables, ses bagels. Et c'était toujours lui qui préparait et faisait cuire les biscuits sucrés et craquants aux graines de sésame et de pavot.

Un jour, un de ses copains avec qui il boulangeait depuis les débuts reçut un héritage, une belle somme qu'il voulait faire fructifier sans trop se casser la nénette, et ainsi arrêter de travailler. Sans même réfléchir, Hershey Rozenfeld avait dit : « Ouvrons une boulangerie. Moi, je travaillerai et toi, tu empocheras les bénéfices. Je m'occupe de tout. »

L'idée d'ouvrir une boulangerie où il pourrait faire toutes sortes de pains et de pâtisseries lui donnait des ailes, et une débrouillardise qu'il ne croyait pas avoir. Il pensait souvent à sa mère, et se sentait bien, sur la bonne voie. En moins de deux jours, il trouva un magasin à louer rue Bernard, juste assez grand, pas trop cher, parfait. Hashem était omniscient, omniprésent et l'aimait, et Hershey aussi aimait son Dieu.

Et c'était parti comme sur des roulettes.

Une boulangerie kascher s'imposait, le quartier regorgeait de familles hassidiques, et il les voulait comme clientèle. Mais il tenait aussi aux autres, ceux que sa tante appelait les mécréants ! Il fallait donc un lieu agréable pour les attirer, eux, mais comment faire, il ne le savait pas.

Son ami, monsieur gros-sous, eut l'idée judicieuse d'engager un designer, le même qui avait transformé une bicoque sombre de la rue Saint-Laurent en une boutique scintillante où les passants, lui compris, entraient juste pour mieux voir la déco et finissaient par acheter… Designer, c'était à peine si Hershey savait ce que ce mot-là voulait dire. Mais il fit confiance à son ami, et téléphona au designer en question, qui se trouvait être un Libanais. Tout le monde dit que les Arabes et les juifs ne font pas bon ménage, mais il n'en est rien. Le juif et le Libanais s'entendirent comme larrons en foire.

Et la boulangerie était belle, à faire craquer tous les passants. La lumière – d'une beauté céleste provenant d'un plafond translucide en forme de voûte – attirait le client, et l'apaisait une fois rendu à l'intérieur. Tout paraissait bon, et l'était. C'était le seul magasin kascher du quartier où juifs et non-juifs se côtoyaient sans gêne. La boulangerie était toujours pleine de clients satisfaits, qui pouvaient prendre un café en attendant leur tour. Les vendredis après-midi, c'était la cohue, les familles se préparaient pour le shabbat. Comme il se doit, Hershey fermait boutique avant le coucher du soleil et rouvrait le dimanche matin.

Comme dans les contes hassidiques ou arabes, tous ceux qui s'étaient moqués de Hershey Rozenfeld, qui l'avaient ridiculisé et ostracisé, vinrent, les uns après les autres, acheter de son pain et de ses pâtisseries en lui donnant respectueusement des coups d'encensoir et du monsieur Rozenfeld long comme le bras.

Il n'était pas devenu plus pieux ni meilleur, mais aux yeux des siens, il était devenu plus riche donc plus respectable.

Et comme les anciens disent, ce qui aujourd'hui est encore de mise :

L'argent
Comme par enchantement
Enveloppe le pouilleux
D'un voile soyeux
Et fait disparaître des regards
Ses défauts et ses tares

J'ai dit à maman: « Tous les voisins plantent des fleurs devant leur maison. Nous, jamais. » Ma mère m'a regardée d'un drôle d'air. Elle m'a dit: « Nous faisons des choses qu'eux ne font pas. Et eux font des choses que nous ne faisons pas. C'est comme ça et ça ne changera pas. » Je lui ai demandé: « Est-ce que c'est dans notre religion de ne pas planter des fleurs? Est-ce que Dieu aime les fleurs? » Elle m'a répondu: « Je ne sais pas si Dieu aime les fleurs, mais moi, je n'ai pas le temps pour ces choses-là. Est-ce que tu m'as déjà vue assise à ne rien faire? » « Non, tu travailles tout le temps. » « Alors, tu as ta réponse! Attention! Moishi va tomber! Je t'ai dit de faire attention à ton petit frère. »

Ma mère était en train de laver les murs de la cuisine. Pour moi, les murs étaient propres, mais pas pour elle. Je ne l'ai jamais vue assise dans un fauteuil. Même quand on mange, elle se lève vingt fois. Travailler c'est ce qu'elle aime le plus au monde, je pense. À shabbat, elle est OBLIGÉE de se reposer. Pour elle c'est un gros effort de se reposer.

« Va me changer l'eau de la chaudière. »

Les commandants de l'armée israélienne doivent avoir la voix de ma mère, même si eux parlent hébreu et pas yiddish. On ne peut jamais dire non. Juste obéir. Je suis fatiguée d'obéir. Toujours quelqu'un à qui je dois faire attention, toujours quelque chose à épousseter, à laver, à éplucher, à brasser, à repasser. Jamais tranquille. Dieu merci, il y a l'école. Yehuda, lui, rien. Il ne fait rien. Monsieur est devenu bokher. *Treize ans. Ça lui donne tous les droits. Depuis qu'il a eu sa bar-mitsvah, c'est pire, il se prend pour un roi. Il a un an de plus que moi. C'est pas juste. En plus, il y a seulement des garçons dans ma famille. J'ai vraiment pas de chance.*

Antonella Rossetti

Chaque année, c'était la même impatience, la même joie, la même hâte. Les jours où arrivaient ses sacs de terre, il faisait toujours beau sur Hutchison. Sans exception. Et bien sûr, elle était ravie. Chaque jour de beau temps, elle en profitait comme personne. Le beau temps lui faisait revivre son enfance dans un petit village du sud de l'Italie, où, pieds nus, elle marchait libre et heureuse. C'était pareil dans son jardinet de quelques mètres à gauche de son escalier qui donnait sur la rue. C'était sa petite Italie à elle. Rien qu'à elle. Même quand son mari était encore vivant, c'était elle, Antonella Rossetti, qui s'occupait du jardin d'en avant. Marco, lui, se chargeait du potager de la cour arrière. Depuis, elle avait pris la relève, mais son plaisir sans faille demeurait à l'avant de la maison.

Peut-être n'aimait-elle pas seulement sentir ses mains et ses pieds dans la terre, et les genoux aussi, pas seulement les tomates qu'elle bichonnait sans relâche beau temps mauvais temps, pas seulement le basilic qu'elle faisait pousser tout à côté des quelques fleurs – une nouvelle variété chaque année –, mais elle appréciait aussi le regard des passants.

Chevelure abondante, brillante comme si elle avait fait sa coloration la veille, toujours bien coiffée en superbes torsades ou chignons élaborés, elle était belle, Antonella, coquette et fière de l'allure qu'avaient prise ses soixante-dix ans. Ce qu'elle aimait surtout, c'était leur regard un brin envieux. Quel beau jardin, semblaient dire les passants en souriant, quelles belles tomates vous avez là ! On ralentissait le pas, on regardait, même qu'une fois, une femme s'était arrêtée et lui avait carrément demandé si elle pouvait en goûter une. « Pas mûre encore, avait répondu Antonella, deux jours. Venir vous, deux jours. » La femme était revenue, et sous les yeux amusés d'Antonella, elle avait pris la tomate rouge gorgée de soleil entre ses mains, l'avait caressée, l'avait humée, puis l'avait croquée en fermant les yeux. Antonella avait pensé au sacrement de la communion et la femme aussi, peut-être.

L'argent en main pour payer la livraison de terre, Antonella attendait le départ du camionneur avec des signes d'impatience. Déjà, dans la boîte en carton sur le balcon, râteaux, pelles, écuelles semblaient attendre, aussi désireux qu'elle de toucher enfin à la terre après ce long hiver. Pour Antonella, chaque année, c'était le même émerveillement. Comme si l'hiver – toujours trop long – arrivait presque à lui faire oublier que le printemps reviendrait à temps, et qu'elle pourrait encore une fois faire pousser les plus belles tomates de la rue Hutchison. « Est-ce que vous voulez que je fasse l'épandage ? » lui dit le camionneur. Elle comprit le sens de la phrase, mais pas le mot *épandage*. C'était la première fois qu'un livreur lui offrait de l'aider. Paraissait-elle si vieille, *madre mia* ! Comme toujours, elle voulait que personne ne touche à son jardin. « Non, non, merci. Moi j'aime beaucoup... » Elle fit le geste d'étendre la terre. Le camionneur comprit qu'il était temps de faire signer la facture, de prendre l'argent et de s'en aller.

Son jardin dépassait en hauteur tous les jardins de la rue, et d'année en année, à force d'en rajouter, la terre débordait sur le trottoir. Même que l'année dernière, elle a été obligée de faire construire une espèce de boîte avec des bords assez hauts pour la contenir à l'intérieur de la clôture en fer forgé. Hiver comme été, restait attachée à cette clôture une pancarte écrite à la main, avec quelques fautes d'orthographe : « Pas bicicle icite. »

Plusieurs familles italiennes vivaient déjà rue Hutchison quand Antonella était arrivée avec mari et enfants, il y a plus de quarante ans. À cette époque, l'émulation était grande en ce qui concernait les jardins en général et les tomates et le raisin en particulier. Faire pousser la vigne sur la tonnelle et que cette vigne ne donne pas seulement de tendres feuilles à farcir, qui faisaient l'envie des Libanais, mais de savoureux raisins noirs, rouges ou verts, bons à manger, et beaux à rendre les voisins jaloux ! Entre Bernard et Saint-Viateur, il ne restait plus qu'une tonnelle digne de ce nom qui appartenait aux deuxièmes voisins d'Antonella, les Marconi. Peu à peu, les familles s'étaient enrichies, avaient déménagé à Laval ou ailleurs, et les vignes s'étaient desséchées par manque de soins ou de savoir-faire. Les mères juives avaient trop d'enfants et pas beaucoup de temps pour s'occuper des vignes et encore moins des jardins.

Quand Antonella n'était pas en train de bêcher, biner, bouturer, sarcler, tailler, désherber ou simplement regarder son jardin d'en avant, elle s'habillait belle belle, propre propre, se parfumait, chaussait ses talons hauts, pas trop hauts quand même, et allait faire un tour dans le quartier. Elle en profitait pour faire ses achats et s'asseoir sur un banc public ou dans un parc, l'été. En vue du souper du dimanche avec ses enfants, elle se faisait livrer ses courses de l'épicerie 4 Frères et complétait avec quelques articles qu'elle achetait chez Latina. Même si un ou deux de ses enfants manquaient, le souper avait lieu chaque dimanche sans exception, et les absents avaient toujours tort, car les repas d'Antonella étaient délicieux ; et tant mieux pour les présents, il leur en restait plus à emporter !

Depuis qu'elle était à la retraite, ses repas étaient des festins. Elle y mettait le temps et la minutie qu'il fallait, et suivait les émissions culinaires religieusement. Même si elle ne comprenait pas tout ce qu'on disait, juste regarder, lui donnait des idées. Elle aimait bien la petite di Stasio, peut-être parce qu'elle était d'origine italienne, et la fois où cette dernière avait fait un voyage en Italie, ça l'avait touchée. Son accent italien laissait à désirer, mais quand même, c'était mieux que rien, et elle l'aimait de toute manière parce qu'elle était rieuse et gourmande. En après-midi, elle regardait *Pour le plaisir*, à Radio-Canada, à cause des deux animateurs qu'elle trouvait drôles et toujours de bonne humeur. Elle suivait aussi les émissions en italien, quand il y en avait à la télévision par le câble.

Antonella Rossetti avait un talent certain, celui de tout prendre du bon côté, le côté lisse et doux. Parce qu'elle avait compris une fois pour toutes que ça ne sert à rien de prendre les choses à rebrousse-poil, de ramer contre la vague. Bien sûr qu'elle avait piqué du nez quand son mari était mort, juste au moment où ils prenaient leur retraite, ils auraient pu vivre encore quelques belles années ensemble, elle l'aimait tant son Marco, mais le pleurer ne le ferait pas revenir. Bien sûr qu'en arrivant au Canada à l'âge de seize ans, sans sa famille, elle avait été déboussolée, elle s'ennuyait de son enfance, de ses parents, de la chaleur presque à longueur d'année, de la terre sous ses pieds nus et des orangers. Mais le travail qu'on lui avait trouvé – couturière dans une manufacture de la rue de Castelnau – lui avait plu. Le bruit, c'était fatigant, mais on s'y faisait. Et puis les copines étaient drôles, on travaillait fort et on riait beaucoup.

Antonella aimait rire. S'habiller, se coiffer et sortir. Elle aimait qu'on la regarde avec un petit sourire: elle est pas mal, la vieille! Elle aimait l'odeur de la terre. Ses mains dans la terre. Elle aimait ses enfants. Même quand ils ne venaient pas souper, qu'ils se trouvaient des raisons à la dernière minute, alors qu'elle avait fait de bons plats, juste pour eux, en pensant à ce qui leur ferait plaisir, elle les aimait quand même. Elle était comme ça, Antonella, elle avait le talent de la vie qui coule, et qui ne revient pas en arrière.

Le journal de Hinda Rochel

J'aimerais être quelqu'un d'autre que moi. Pas être moi, Hinda Rochel, fille de Shulem et de Chedva. Pas que j'aime pas mon père et ma mère et mes frères, mais je suis fatiguée de ma vie. Souvent je suis… je sais pas comment dire ça. Pur, impur, on dirait qu'il y a juste deux mots dans la langue de ma mère. Des règles à suivre et des choses à faire. Un point, c'est tout. Pur, impur, permis, défendu. Beaucoup plus de défendus que de permis. Comme dans la langue française. Il y a beaucoup trop de règles de grammaire en français. Dans notre religion, c'est pareil. C'est difficile. En français, il y a des exceptions à la règle, mais pas chez nous. Aucune exception à la règle. Tout est by the book. *Je ne sais pas comment dire ça en français.* By the book. *Ce que je dis dans mon journal, je ne peux pas le dire à personne, même pas à ma meilleure amie. C'est ça ma vie. J'ai hâte d'avoir ma maison à moi. Personne pour me dire quoi faire. La paix. Souvent quand je suis à la maison, j'ai envie de pleurer. Mais où pleurer sans me faire disputer parce que je pleure ? Je n'ai même pas de chambre à moi. Deux de mes petits frères dorment dans ma chambre. L'hiver, c'est encore pire. Les toilettes. Les toilettes ? Je n'ai jamais pu m'enfermer plus que trois minutes. Y a toujours quelqu'un qui a envie de faire la chose qui s'écrit pas dans un journal quand moi j'ai envie de pleurer. Je déteste la vie, que le Créateur me pardonne, et MA vie encore plusssss.*

Sylvain Tremblay

Il avait toujours détesté voir sa mère les yeux embués de larmes. Des larmes qui ne coulaient jamais. Elle devait avoir dans les cinquante-cinq ou cinquante-six ans quand il s'était aperçu de la chose, et très vite, ça s'était mis à lui taper sur les nerfs, puis à l'horripiler. Chaque fois qu'elle racontait une petite histoire du passé, heureuse ou malheureuse, ses yeux se couvraient d'une couche lacrymale qui ne se déversait pas. Il avait envie de lui dire : pleure un bon coup qu'on en finisse. Mais avant même de formuler sa phrase, les larmes de sa mère avaient disparu. Pour mieux ressurgir au moindre émoi. Ça pouvait être une anecdote anodine, triste, gaie ou pleine de tendresse, on ne savait jamais quand l'émotion latente allait frapper, à quel moment son cœur allait jaillir par les yeux.

C'était peut-être la fréquence de ces bouffées qui le mettait hors de lui. Mais où donc avait-elle caché sa peine pendant toutes ces années ? Elle paraissait si joyeuse !

Au même âge qu'avait alors sa mère, cette horrible chose l'assaillit, lui, Sylvain Tremblay. Il venait d'avoir cinquante-cinq ans. À son grand désespoir, sans pouvoir s'en empêcher, ses sentiments montaient jusqu'à ses yeux, gonflaient ses paupières et son visage, et refluaient sans trouver le canal de sortie. Il avait attrapé la détestable manie de sa mère. Ses accès d'émotion étaient imprévisibles, le secouaient de plus en plus souvent, et ses larmes ne dévalaient jamais de ses yeux.

Il y a bien des années, Sylvain Tremblay était un chanteur populaire. Il ne pouvait pas marcher dans la rue sans qu'on le reconnaisse. Certains venaient lui parler, lui demander un autographe, d'autres faisaient semblant de ne pas le reconnaître, mais ça se voyait tout de suite. Il aimait faire son métier, mais être reconnu ne lui plaisait pas beaucoup, même que ça l'irritait parfois. Être connu va forcément avec être reconnu, et il ne se doutait pas qu'un jour l'un et l'autre allaient lui manquer…

Sa carrière était partie sur les chapeaux de roues, sans gros effort de sa part, et il se laissait porter par le succès. Spectacles, télévision, tournées, ça roulait très bien pendant quelques années, jusqu'au jour où il eut le désir de composer ses propres chansons. Une ou deux se retrouvèrent sur les ondes radiophoniques. Il était émerveillé d'entendre ses fans chanter ses mots à lui, la musique composée par lui. Mais ce fut de courte durée. On ne change pas impunément de style, disent les professionnels du spectacle. Le chanteur populaire avait perdu son créneau et l'auteur-compositeur avait été incapable d'assurer, pour ainsi dire, sa propre relève. Et le public, cette chose vorace et sans nom, aussi versatile que le vent, ne l'avait pas suivi, « ô toi, *ma* public », comme dit Marc Labrèche, chaque semaine et si amoureusement, pour l'amadouer sans doute et le garder fidèle, car qu'est-ce qu'un artiste sans public ? pourrait-on se demander à bon escient. Toujours est-il que ceux et celles qui s'étaient amourachés de lui si vite, l'oublièrent à la même vitesse, sans merci ni au revoir.

Et le temps mangeur d'espoir passait…

Revival, reviviscence, résurrection, oui, bien sûr, il avait essayé bien des fois, avait écrit plein de nouvelles chansons. Mais ses tentatives restaient sans réponse. Du public tout autant que du milieu. Trop de jeunes et d'excellents auteurs-compositeurs poussaient, des jeunes femmes et des jeunes hommes qui avaient des choses à dire et une manière nouvelle de faire sonner la musique, trop de bonnes chansons sur les ondes. Il se sentait dépassé, vieux, décati. Alors, il remballait, frustré, diminué, sa confiance dix pieds sous terre.

Et le temps passait. Et plus personne ne le reconnaissait, ne parlait de lui, même pas la plus petite allusion à la radio, ne serait-ce que pour se moquer. Rien. Il travaillait comme vendeur d'automobiles, gagnait bien sa vie, incognito, aucun de ses collègues ne savait qu'il avait déjà eu son heure de gloire, qu'il était passé tant de fois à la télévision, qu'il avait chanté dans les grandes salles à Montréal et en région. Lui n'en parlait jamais, et pourquoi l'aurait-il fait ? Pour se couvrir de honte ? Pas la peine d'en rajouter.

Et pourtant, quand il n'était pas empêtré dans ses velléités de rechanter, Sylvain Tremblay était non pas un homme heureux – ce serait beaucoup dire –, mais il n'était pas malheureux, même si ses poussées d'ambition soudaine lui gâchaient constamment la vie. Il voulait préparer son *revival*. « Mais pour réveiller quoi ? se dit-il un jour, pour réveiller quoi ? » Une émotion si forte l'envahit que ses larmes se mirent à couler. Il pensa à sa mère, et sanglota jusqu'à épuisement.

Un jour, comme par magie, ou pour enfoncer le clou encore chambranlant de sa décision d'abandonner son passé mort depuis longtemps, il reçut un coup de téléphone d'une femme qu'il ne connaissait pas. C'était la recherchiste d'une émission de télévision sur les *has been*. On voulait retrouver les anciennes vedettes et savoir ce qu'elles étaient devenues.

Pour lui, c'était la pire des humiliations. Un vieux héros n'a pas envie d'évoquer son glorieux passé, cette phrase qu'il avait lue quelque part lui était revenue en répondant à la recherchiste. Elle l'accablait en évoquant son passé de chanteur populaire, il rougissait, ses yeux s'embuaient, lui voulait parler de ses chansons récentes, prêtes à être enregistrées, ne restait plus qu'une compagnie de disques à trouver.

C'était humiliant, mais il ne pouvait pas refuser. On ne sait jamais, c'était peut-être un moyen de relancer sa carrière, un producteur serait à l'écoute par hasard, un gérant visionnaire, une maison de disques, on ne sait jamais.

En voyant les gens de la télévision débarquer chez lui, il eut un frisson d'effroi en même temps qu'une sorte de contentement. C'est maintenant ou jamais. Il fallait y aller. Avec tout son cœur.

L'équipe, munie de caméras, câbles, spots d'éclairage, micros-cravates, maquillage et tout le bataclan s'installa sans crier gare dans son salon, la plus belle pièce de la maison, donnant sur Hutchison. Il avait fait le ménage, tout rangé, réaménagé joliment le salon, mais on le mit sens dessus dessous en quelques minutes, sous les ordres du réalisateur. En regardant ce branle-bas de combat, Sylvain Tremblay revécut l'effervescence de ses débuts. Les larmes lui montèrent aux yeux. Trop d'émotions d'un seul coup, des vieilles et des nouvelles entremêlées. Un trac comme jamais il n'en avait eu. Il fallait à tout prix passer au travers. Il se réfugia dans la salle de bain pour reprendre ses esprits, essayer de se détendre, asperger son visage d'eau froide.

Comme dans un rêve ou un cauchemar, il entendait un brouhaha, c'est lui qu'on appelait, c'était son nom, ça faisait longtemps qu'il n'avait pas entendu son nom résonner. Sa confiance revint, il s'essuya rapidement le visage. Il sortit des toilettes, accrocha un sourire sur ses lèvres, et se dirigea vers le salon. C'était maintenant ou jamais.

Quelques semaines plus tard, Sylvain Tremblay était assis devant son téléviseur, dans son salon bordélique laissé en plan par l'équipe de tournage. « Excusez-nous, monsieur Tremblay, on est un peu pressés, ça ne vous dérange pas, vous êtes sûr ? » Non, il voulait juste qu'ils déguerpissent au plus sacrant !

En se voyant, il eut honte. Le *loser* à son comble. Pitoyable. En plus, cela parlait de choses désuètes, de chansons qui ne voulaient plus rien dire pour personne, même pour lui, avec des extraits dénichés on ne sait où. Si risible. De quoi pleurer toutes les larmes de son corps. En plus de l'humiliation de voir sa parfaite nullité, il nota qu'il était devenu le portrait craché de sa mère, la même manière de retenir ses larmes, c'en était effrayant. On lui avait toujours dit qu'il ressemblait à son père, qu'était-il donc arrivé en si peu de temps, et son nez, qu'était-il arrivé à son nez ? L'émotion montait, embrasait son visage, le défigurait. C'était pathétique. Et comme il avait vieilli ! Des rides partout. Et son sourire, dont tout le monde parlait quand il était jeune, figé, sans âme. Par chance, ses larmes n'avaient pas coulé. Oh Seigneur, il n'aurait manqué que ça ! Le bouquet. Le comble du ridicule : un vieux chanteur qui pleure sur son passé. Plus minable que ça, tu meurs. Une larme sur le nez boursouflé et couperosé d'un… Cyrano, le verbe et le panache en moins !

Il éteint la télé avant la fin du générique. Il a un peu mal au ventre, une envie de vomir. Il respire comme il le faisait avant d'entrer en scène. Plusieurs inspirations et expirations profondes en regardant par la fenêtre. Et tout s'apaise. Il ne chantera plus jamais en public. C'est fini. Il grattera sa guitare dans son salon, pour lui, pour entendre sa propre voix, ses propres mots, pour des amis, si on le lui demande, mais pas plus.

Dehors, deux hassidim marchent avec chacun un cellulaire collé à l'oreille. Au moins, eux n'ont pas vu l'émission. Passe un vieux couple, bras dessus bras dessous, on ne sait pas qui soutient l'autre, mais ça va, ils se déplacent sans trop de mal. Deux jeunes debout au milieu du trottoir s'embrassent et n'arrêtent pas de s'embrasser. Il les observe, attendri. Il y aurait une chanson à faire, exactement de ce point de vue…

Pendant que son image flétrie passait sur un canal, un million d'images inondaient les cent quatre-vingts autres chaînes, et au même instant, des enfants naissaient, d'autres mouraient de faim et de soif, et lui, Sylvain Tremblay, allait s'en faire pour un petit trente minutes qui avait servi à remplir la grille horaire de TVA ?!

Non.

D'un coup, il se retourne, regarde devant lui, et décide de mettre de l'ordre dans sa maison. Ni triste ni gai, il replace les meubles, se sent presque léger, un poids énorme vient de tomber de ses épaules. C'est peut-être ça qu'ils veulent dire quand ils parlent d'atteindre le fond du baril, ce n'est qu'à partir de là qu'on peut rebondir, il paraît. Son passé est définitivement mort. Mille mercis à cette grotesque demi-heure de télévision qui a déposé la pierre tombale sur des années d'attente et d'espoir vains. C'est terminé. Ce qui est derrière restera où il est. Derrière. Son avenir sera ce qu'il en fera.

Le téléphone sonne. Son premier réflexe est de ne pas répondre – un collègue de travail l'aura reconnu, et parler de tout ça ne le tente pas du tout – puis il se ravise.

« Oui, c'est Sylvain Tremblay, oui… Merci, c'est gentil… Oui, oui, je vous reconnais, j'entends souvent vos chansons à la radio… J'écris encore, oui… Vous voulez les entendre ? Pourquoi ?… Non, je n'y avais jamais pensé, mais oui, pourquoi pas ?… Une centaine de terminées, au moins… Vous voulez passer ?… Oui, enregistrement maison, bien entendu. Je vous chanterai les autres à la guitare… Je suis là, je vous attends. J'habite le Mile End. »

Il donne son adresse, raccroche et continue à ranger son salon. « Mais quel idiot je suis ! Toutes ces années, j'suis ben niaiseux ! à me battre dans le vide ! *One-track mind*, c'est ce que je suis. Sans regarder ni à droite ni à gauche, droit devant à me frapper la tête contre le même mur de brique. Monomaniaque, et pas rien qu'un peu ! Même que ça ne m'est jamais venu à l'idée. C'est incroyable ! Mais bon Dieu ! Que les autres les chantent, mes christies de tounes ! “Un parolier, c'est un écrivain qui chante.” Le grand Delanoë avait raison. Et moi, je fais la musique en plus ! Génial ! Je vais ENFIN les entendre, mes chansons, par la voix des autres, pas grave, je vais enfin les entendre ! *Yes ! Yes ! Yes !* »

Il riait encore quand on sonna à la porte.

Les actrices

À quelques maisons de la rue Bernard, côté Mile End, dans un deuxième étage avec escalier en tire-bouchon, il y avait un appartement qu'on appelait l'appartement des actrices. Une actrice arrivait, habitait là quelques années puis disparaissait. Une autre emménageait, y vivait pendant un temps et s'évaporait à son tour pour laisser la place à la suivante. Jamais d'acteurs ou de gens ordinaires. Toujours des actrices.

Jamais d'écriteau « appartement à louer » et pourtant l'appartement ne restait jamais vide. On aurait pu penser que ce logement appartenait à l'Union des artistes, et qu'il était octroyé par concours aux comédiennes seulement, puisqu'il aurait été étonnant qu'aucun comédien n'ait gagné le concours en quarante ans. Beaucoup d'acteurs venaient faire leur tour comme amis ou amoureux, ou un texte à la main pour répéter, mais jamais en tant que locataire.

Certaines étaient connues grâce à la télévision, d'autres, inconnues du grand public, jouaient au théâtre. À les voir, discrètes et effacées, faisant leurs emplettes sur l'avenue du Parc, leur entraînement au YMCA, ou courant en vêtement de jogging en toutes saisons, on ne les aurait pas cru capables d'affronter la foule des plus grands théâtres de Montréal – où elles avaient pourtant toutes joué des rôles importants à un moment ou à un autre. Que ce soit au théâtre, à la télévision ou au cinéma (et souvent les trois), toutes celles qui se succédèrent dans cet appartement avaient eu de belles carrières. Certaines continuaient à jouer, d'autres avaient abandonné le métier, ou peut-être était-ce le métier qui les avait laissé tomber. Celles qui avaient habité ici dans les années 1970 et 1980 avaient aujourd'hui cinquante et même soixante ans et plus… « Très peu de rôles pour notre âge, le plus difficile dans le métier, c'est de durer. » C'est ce qu'elles disent toutes, à peu près dans ces mots, quand elles ont l'occasion de s'exprimer publiquement.

Dans le quartier, elles passaient inaperçues. Aucune n'était une vedette populaire, mais toutes étaient des artistes accomplies, reconnues par leurs pairs. Aucune ne signait d'autographes, pas même le lendemain d'une grande première au TNM ou ailleurs. Dans ce quartier bigarré, les francophones ne sont pas nombreux, et ceux qui fréquentent les théâtres, encore moins.

Aucune ne correspondait à l'image d'exubérance attribuée généralement aux interprètes. Sauf quand l'une d'elles rencontrait au coin de la rue quelqu'un de son milieu. En une seconde, plus aucune trace de la personne effacée et discrète. Métamorphose instantanée. Et la femme au profil bas croisée à l'épicerie ou ailleurs devenait l'actrice dans tout son éclat, jouant sa scène de séduction, du premier, deuxième ou troisième acte, au coin de Bernard et Hutchison. La voix vibrante, les yeux brillants, le geste ample. Cela dépendait bien sûr de qui était en face d'elle, de ce qu'elle avait à gagner à user de son charme dans ce théâtre improvisé. Ou peut-être que ce n'était pas pour « gagner » quoi que ce soit, mais juste pour le plaisir de se laisser emporter par la surprise de rencontrer un ami, d'être reconnue par quelqu'un, de pouvoir être pleinement soi-même, de retrouver les multiples tonalités qu'on ne peut déployer que parmi les siens.

Depuis quelques jours, une nouvelle locataire a emménagé dans l'appartement des actrices. Complètement à l'opposé de ses consœurs, elle est en constante représentation. Déjà en descendant l'escalier, elle cherche les regards, imagine le tapis rouge, le crépitement des flashs, et ses admirateurs qui l'attendent avec sa photo à signer.

Plus jeune que toutes celles qui l'ont précédée, elle est flamboyante, maquillée, cheveux savamment décoiffés, habillée avec recherche, très à la mode… pour aller à l'épicerie au coin de la rue.

Comme s'il y avait une caméra à droite de la caisse, elle minaude, mais le marchand est pressé et la sert sans même la zieuter. Elle déambule en faisant aller son joli derrière et remonte chez elle. Avant de rentrer, elle se retourne comme si elle voulait redescendre, s'appuie sur la rampe du balcon, balaye la rue du regard, puis hausse les épaules d'un air abattu. Personne ne l'a remarquée. Elle tourne les talons et rentre.

Il est à prévoir qu'elle ne restera pas longtemps dans ce quartier hétéroclite, sinon la mélancolie la rattrapera. Si l'on compte que 75 % des passants sont des hassidim, et que ces derniers ne regardent personne, la dépression prochaine de la jeune actrice est assurée…

Madeleine Desrochers

Madeleine Desrochers était sans aucun doute une femme heureuse. Dès l'adolescence, elle avait trouvé sa voie et son bonheur : s'occuper de ceux qui en avaient besoin.

Son plaisir était de donner. Et plus elle donnait, plus elle en avait à donner. Elle se nourrissait à même son action de donner, en y investissant le meilleur d'elle-même. Elle n'avait besoin de rien d'autre pour être heureuse, et n'attendait ni compliments ni remerciements. Bien sûr, elle aimait qu'on lui dise merci, mais sans plus. Quand son travail donnait de beaux résultats elle était ravie, mais l'échec ne la décourageait pas. Au contraire, cela signifiait qu'il y en avait encore beaucoup à faire, et dans la mesure du possible, elle le ferait…

Jusqu'au jour où elle tomba comme une masse, incapable de se relever seule.

Les psychologues de cuisine, et même les vrais, auraient dit que Madeleine Desrochers ne connaissait pas ses limites, qu'elle les avait dépassées, et qu'à force de s'occuper des autres, elle s'était oubliée.

Elle, par contre, avait le sentiment qu'elle vivait en parfaite adéquation avec ce qu'elle était fondamentalement, que ses forces étaient renouvelables et renouvelées par une bonne nuit de sommeil, que même si elle était satisfaite de ce qu'elle accomplissait déjà, elle pouvait encore faire mieux et plus.

Il y avait tant à faire !

Son travail d'infirmière, son bénévolat auprès de jeunes alcooliques et toxicomanes, et la fondation qu'elle avait mise sur pied pour venir en aide aux enfants du Togo et du Bénin, c'était sa vie. Toute sa vie.

À la manière de certains artistes, Madeleine Desrochers ne s'oubliait pas dans le travail, elle s'exprimait entièrement à travers son œuvre.

Que demander de plus à la vie quand on est heureux ? Que demander de plus quand on accomplit chaque jour ce qu'on a rêvé et choisi ?

Quand la malédiction frappa, elle perdit d'un coup son agilité et sa force. Penchée pour ramasser une petite radio à piles qu'une malade avait laissé tomber par mégarde, genou par terre, elle étira son bras sous le lit pour attraper l'objet quand son corps se mit à trembler et son genou droit à gonfler à vue d'œil. Elle sentit alors une décharge électrique au niveau des lombaires et des hanches, et un mal indescriptible l'envahit. C'est Mme Therrien, la patiente, qui sonna encore et encore, pendant que Madeleine essayait en vain de se relever.

À sa naissance, les bonnes fées l'avaient dotée d'une énergie constante et d'une force physique et mentale formidable et peu commune. Elle était rieuse et prenait toujours les choses du bon côté. Six heures de sommeil, et elle était à nouveau sur le piton. Ceux qui l'avaient vue déambuler dans les couloirs de l'Hôtel-Dieu ne lui auraient jamais donné ses cinquante-deux ans.

Aussi étonnant que cela puisse paraître, même si elle avait côtoyé des malades et la maladie depuis toujours, Madeleine Desrochers ne savait pas ce que c'était que d'être malade. Pas vraiment. Quelques rhumes, une grippe ou deux, son expérience personnelle s'arrêtait là. Elle ne pensait jamais qu'elle aussi, peut-être, un jour…

Dans son enfance, elle avait vu sa mère souffrante, souvent alitée, et son père pétant de santé, jusqu'à sa mort soudaine. Madeleine avait hérité des gènes paternels. Sa mère lui avait dit un jour : « Je ne te le souhaite pas, ma fille, mon Dieu, non, je ne te le souhaite pas, mais tu comprendras vraiment quand tu seras touchée dans ton propre corps ». Elle pensait souvent à sa mère depuis que son corps l'avait lâchée.

Ironie n° 1 : C'était la première fois qu'elle était le cobaye des rouages grinçants du système de santé, avec jaquette fendue, fesses à l'air, et inconnus poussant sa civière. Madeleine, la rieuse, avait trop mal pour rire, mais assez pour pleurer.

Ironie n° 2 : Elle était entourée de médecins spécialistes de tout acabit, elle les connaissait bien, ils étaient compétents, mais aucun n'avait pu lui dire exactement ce dont elle souffrait. Batterie de tests, bien sûr, tous les appareils les plus sophistiqués, et chaque docteur la renvoyait au suivant, jusqu'à ce qu'il n'y ait plus de confrères ni de consœurs. On ne s'entendait pas. Les mots *rhumatoïde* et *crise aiguë* revenaient le plus souvent. Elle, par contre, était convaincue qu'elle avait chopé une saleté de bactérie ou de virus encore non identifié, une saloperie rusée qui faisait mal en tabarouette, comme disait son père, pour ne pas blasphémer. Sans diagnostic précis, on lui avait quand même donné des anti-inflammatoires, des analgésiques puissants. Faute de lit disponible, on l'avait gentiment congédiée, déposée dans un taxi, en lui recommandant de se reposer, comme si elle avait la possibilité de faire autrement.

Ironie n° 3 : N'eût été de la présence de la jeune Togolaise qui habitait chez elle depuis un an, Madeleine Desrochers – qui, toute sa vie, avait aidé tant de gens – aurait *mangé de la shnout*, expression en vogue à Sainte-Françoise, son village d'enfance.

Madeleine vivait seule depuis qu'elle avait perdu le grand amour de sa vie à l'âge de trente-neuf ans. Depuis, quelques amourettes, rien d'extraordinaire, rien en tout cas pour remplacer le premier, et puis, plus personne. Des amies, elle en avait beaucoup. Mais l'amitié, ça s'entretient, comme les patients, il faut s'en occuper, elle le savait trop bien. Ses amies n'étaient pas en peine, elles avaient d'autres amies, mais ses jeunes toxicomanes, ses enfants béninois et togolais n'avaient qu'elle. À la longue, le téléphone n'avait plus sonné. Et ce n'est pas parce que Madeleine avait du temps, beaucoup de temps, maintenant, qu'elle n'arrivait plus à descendre les quatre marches de son escalier, que ses amies allaient revenir comme par enchantement.

Elle n'en voulait à personne, et n'avait aucun regret. C'était sa vie. La vie qu'elle avait choisie.

Depuis sa retraite forcée, son corps et son esprit étaient devenus un territoire occupé par la maladie. Soit un mal aigu qui la terrassait, soit les limbes… Elle se déplaçait avec difficulté, et même allongée, une douleur lancinante, à la limite du supportable, lui grugeait le peu d'énergie qui lui restait. Une grande fatigue – cette chose étrange qu'elle ne connaissait que de nom – s'était implantée pernicieusement dans tout son corps et altérait même sa pensée.

Elle avait le sentiment que sa *vraie* vie était déjà derrière elle. Les années à venir, un sursis, une existence qui lui était étrangère, qu'elle devait apprivoiser, faute de mieux.

La question qu'elle n'osait pas se poser : « Est-ce que je vais rester comme ça pour le restant de mes jours ? »

Après la mort de Jacques, son grand amour, Madeleine partagea son appartement de la rue Hutchison avec son amie Irène, infirmière comme elle. Peu de temps après, Irène partit vivre et travailler au Togo avec son nouveau mari, Togolais et infirmier. Depuis, Madeleine louait l'espace à des étudiants. Chambre et salon, avec une porte coulissante entre les deux, qu'on appelle communément salon double, très bon marché, qui restait rarement vide. L'appartement tout en longueur, comme c'est souvent le cas rue Hutchison, était ainsi fait que le jeune pouvait être à l'aise et libre de recevoir ses amis. La douche et les toilettes étaient communes et le locataire pouvait se servir de la cuisine et même souper avec sa gang. À la seule condition que Madeleine soit prévenue. Elle acceptait presque toujours. Elle aimait les jeunes. Et les jeunes l'aimaient. Ils l'invitaient, elle prenait un verre, mangeait une bouchée et, pour les laisser à l'aise entre eux, disparaissait très vite dans sa chambre, avec sa deuxième télé et ses livres. Sa grande cuisine revivait comme du temps de Jacques, qui aimait beaucoup recevoir. Elle les entendait parler et rire et elle était heureuse comme s'il s'agissait de ses propres enfants. Le lendemain, quand elle venait prendre son petit-déjeuner face à la fenêtre, tout était impeccable, la vaisselle lavée, les bouteilles de bière et de vin remplissaient le bac à recyclage. C'était toujours les étudiants qui descendaient le bac et les sacs à ordures. Les règles de la maison étaient claires et ça marchait comme sur des roulettes. Madeleine se demandait pourquoi les adultes se plaignaient des jeunes. Ceux qui avaient habité chez elle avaient toujours tenu parole.

Nzimbou, la dernière venue, que ses amis appelaient Zim ou Zimou, non seulement tenait parole comme les jeunes qui l'avaient précédée, mais elle était d'une gentillesse et d'une délicatesse hors du commun. On n'a pas idée combien des gestes, anodins pour un bien-portant, peuvent soulager un impotent ou une demi-impotente comme Madeleine… La belle Nzimbou, recommandée par son amie Irène depuis le Togo, était tout simplement une envoyée du ciel. Un ange.

Et c'est cet ange qui initia Madeleine Desrochers à Internet, ce qui changea la demi-impotente en grande voyageuse.

Nzimbou était venue au Québec pour étudier l'informatique, un domaine qui la passionnait de plus en plus. Et comme tout passionné, Nzimbou était intarissable. Elle lui parlait d'Internet depuis longtemps, lui en vantait les mérites, les nombreuses utilisations et lui parlait des réseaux sociaux qui pouvaient se créer à partir de chez soi. Ce n'était pas par manque d'intelligence, mais pour Madeleine, c'était un monde impalpable, donc incompréhensible. En comparaison, les contes de fées, les carrosses se transformant en citrouilles, même Aladin et sa lampe magique lui paraissaient bien anodins. Au travail, elle avait appris à entrer des informations sur ordinateur, sans plus, et la petite Togolaise lui disait qu'elle pouvait communiquer avec le monde entier ! *It didn't compute*, comme disent les Américains, jusqu'au moment où Nzimbou parla d'entraide, en lui expliquant que sa Fondation pour les enfants du Togo et du Bénin pouvait recueillir des fonds via Internet.

Entraide, le mot magique, son esprit avait soudainement fait tilt, et Madeleine avait ouvert grand ses oreilles. Mais Nzimbou, fine mouche, avait compris qu'elle avait beau parler, expliquer, la bonne volonté ne suffit pas toujours, il fallait qu'elle voie la merveille de ses propres yeux.

S'abonner à Internet, ça presse ! Haute vitesse, sans fil, tant qu'à se lancer, allons-y en grand, et acheter un ordinateur portable super performant ! Munie de la carte bancaire de sa logeuse, Nzimbou fit toutes les démarches pendant que Madeleine, étendue sur son divan et bourrée d'analgésiques, ne pouvait rien faire d'autre qu'attendre patiemment le miracle…

Nzimbou s'était fait un plaisir de jouer à la magicienne juste pour voir Madeleine s'exclamer chaque fois un peu plus, et s'émerveiller. Très bonne enseignante, la petite – c'est ce qu'elle voulait faire plus tard – et Madeleine, une bonne élève qui retrouva le plaisir d'apprendre. Elle se souvint de sa première année d'école où comme par magie quelques lettres devenaient un mot et trois mots, une phrase. Et, comme jadis, un monde un peu plus vaste chaque fois s'ouvrait devant elle. Comment avait-elle pu vivre jusqu'à ce jour sans y prendre part, sans même en soupçonner l'existence ? Tout était à sa portée. Elle pouvait voir et entendre ce qu'elle voulait, elle pouvait s'informer, apprendre, consulter des encyclopédies, des spécialistes, signer des pétitions, participer à des forums de discussion, et même rire. Il lui faudrait plus d'une vie pour voir tout ce qu'il y avait là-dedans. Seuls l'odorat et le toucher manquaient à cette grande aventure, mais Madeleine considérait qu'elle avait surexploité ces deux sens-là dans sa vie antérieure.

Nzimbou était ravie d'avoir enfin accès à son Hotmail sans avoir à aller au café ou à l'université. Elle pouvait faire ses devoirs et les envoyer directement pendant que Madeleine se reposait. La création d'un site web attrayant et efficace pour la Fondation allait bon train. Elle parla du projet à son professeur qui s'était montré très ouvert, son travail pouvait même lui être crédité, avait-il dit.

Les séances d'apprentissage se passaient soit sur la table de cuisine quand le dos et les jambes de Madeleine le permettaient, soit sur le canapé confortable de la salle de séjour attenante à la cuisine. Un jour, un moment magique se produisit. Madeleine avait dit : « Si on peut voir le monde entier, montre-moi ton pays. » Le Togo existe-t-il sur Internet ? Nzimbou n'avait jamais pensé à le vérifier. Soudain, elle eut peur de ne pas le trouver, un si petit pays oublié de tous sauf de quelques Madeleine... Deux trois clics, et on pouvait admirer la gigantesque Afrique, elle zooma sur l'Afrique de l'Ouest, puis le Togo apparut. Un frisson lui parcourut le corps. En moins d'une seconde, Lomé, où elle était née et où vivait toute sa famille. Elle zooma encore pour voir le quartier et son école. Tout était là, comme avant son départ.

Nzimbou était beaucoup plus émue qu'elle ne le laissait paraître. Madeleine aussi. Ce petit voyage, tout virtuel qu'il était, lui avait fait comprendre quelque chose de la jeune fille, de ses origines – elle ne savait pas au juste quoi. Elle regarda Nzimbou à ce moment précis, comme si elle la voyait pour la première fois. Un courant d'affection et de reconnaissance passa entre elles. Une sororité qui faisait fi de toutes les frontières était en train de naître.

C'est fou ce qu'une seule image peut réveiller et révéler. Des sentiments parfois impossibles à mettre en mots, mais entre vous et moi, est-ce vraiment nécessaire de tout dire ?

Françoise Camirand

Elle l'avait vue arriver de loin, reconnaissable entre toutes, avec ses cheveux longs et gris, ses vêtements défraîchis et sa démarche qui chaloupait.

Jacinthe Beaulieu traverse la rue sans même regarder si une auto vient, puis elle passe à côté de Françoise sans la voir. Son teint a une carnation terreuse semblable à celle des hommes hassidiques.

En l'entendant déblatérer des mots incompréhensibles, Françoise pense tout de suite aux enfants de Jacinthe, devenus grands. Des enfants marqués à jamais, même si leur mère ne faisait plus de rechutes, on ne guérit jamais complètement de son enfance.

Françoise monte très vite à son bureau. Toute la souffrance du monde lui est tombée dessus, sans lui donner le temps de se protéger. Devant son écran ouvert, elle essuie ses larmes et se met au travail.

Elle avait souvent vu Jacinthe Beaulieu, seule devant un café à fumer cigarette sur cigarette du temps où on pouvait encore fumer. Quelquefois aussi, au parc Outremont avec son fils et sa fille, vieux bien avant le temps, avec une tristesse indescriptible dans le regard. Ils restaient tout près de leur mère, ne jouaient pas comme les autres enfants. Elle leur parlait avec une voix douce, leur disait d'aller jouer, mais ils restaient immobiles. Un jour elle était allée s'asseoir sur une balançoire. Ils l'avaient suivie, et étaient montés sur celles qui étaient libres à ses côtés.

« Veux-tu que je te donne une poussée, mon amour ? »

Françoise se souvenait de sa phrase, et de la douceur de sa voix. En voyant l'état de Jacinthe, elle savait qu'elle ne pourrait donner de poussée à personne en ce moment. C'est elle qui en avait bien besoin... Les démons l'avaient rattrapée.

Jacinthe Beaulieu que ses parents appellent Cynthia avec un amour infini...

La vie est impitoyable. Tant d'amour prodigué qui tombe dans le vide... Comment comprendre... Par quel bout la prendre, la vie ?

Même si elle était consciente que la vie de Jacinthe était une montagne russe infernale, elle voulait l'écrire avec le sourire, y trouver de la lumière. Elle avait appris en trente ans d'écriture qu'il fallait parfois se détacher un peu du sujet pour mieux le saisir. Comme le peintre, qui se recule, qui plisse les yeux, qui s'éloigne de son modèle pour mieux le voir.

Jacinthe Beaulieu

Souvent elle aurait préféré ne pas être née.

L'existence de Jacinthe Beaulieu vacillait entre vivre l'enfer ou l'appréhender. Si un petit bout de ciel apparaissait, il était toujours troué par l'inquiétude, et tant qu'à faire, autant s'en passer.

À certains moments, elle remerciait Dieu pour les îlots de lumière qu'Il lui accordait, et d'autres fois, elle Lui en voulait à mort de lui arracher la tête sans penser une seule seconde qu'elle en avait besoin, de sa tête, pour élever ses enfants.

Aucun n'avait été épargné : sa plus vieille se retrouvait prostrée au moindre coup de vent et son fils était sa copie conforme, dans cette débandade de l'esprit. Elle avait beau demander pourquoi elle, pourquoi lui, pourquoi moi, Dieu ne répondait pas. Dieu, qu'elle continuait à aimer malgré tout, n'était pas causant, autant dire qu'Il était muet. La génétique ? Elle n'y comprenait rien, malgré tous ses efforts, elle la subissait, c'est tout. Le destin ? Elle aurait voulu ne pas connaître ce mot, tant elle le trouvait insensé. À double tranchant, le destin, elle le savait par expérience, ça dépendait sur quelle tête il allait s'abattre. Dans sa famille, sur cinq enfants, le côté tranchant du couteau était tombé sur sa gorge à elle, en lui laissant tout juste un filet de vie pour continuer.

Juste assez pour lui permettre de réussir son secondaire, avant le chaos. Elle ne se souvenait pas très bien de ce qui lui était arrivé entre seize et vingt ans. Le bébé qui grossissait dans son ventre la ramena à la réalité. Elle voulait le garder. Sa famille l'avait aidée et sa fille était née en santé, Dieu merci. Elle eut une année de paix relative où sa tête la laissait vivre sa vie. Puis la déroute revint. Les voix recommencèrent à la harceler, et ce fut la fuite en avant pour leur échapper. Après la rue, l'hôpital. Mais entre la rue et l'hôpital, un autre bébé dans son ventre.

Le traitement médical se révéla miraculeux. Elle se mit à croire en Dieu, et aux médicaments qu'elle prenait avec assiduité, en remerciant Dieu et son arsenal de pilules de l'avoir sauvée.

Sa tête lui avait fichu la paix pendant un temps, une paix précaire. Qui a goûté à la débâcle vit toujours dans l'intranquillité. Grâce à ses médicaments et à ses parents, chez qui elle habitait avec ses deux enfants, un frêle espoir renaissait. Sa force de caractère aussi. Jacinthe Beaulieu était vaillante. Tout ce qu'elle demandait à Dieu, c'était de ne pas la laisser retomber et de lui donner la force de bien élever ses enfants. Elle voulait étudier, travailler, louer un appartement pour elle et ses petits, devenir une personne autonome et normale.

Une voisine de ses parents lui apprit la technique du massage suédois. Jacinthe était douée et la voisine lui refila une partie de sa clientèle. Une ère nouvelle commençait. Jacinthe se croisait les doigts, priait Dieu, prenait ses médicaments, et trouva un logis sur la rue Hutchison, pas très loin de ses parents, pas très grand, l'appart, et pas trop cher, le paradis ! Avec une aide complémentaire des services sociaux, deux années entières à s'occuper de ses enfants, à faire un travail qu'elle aimait. Deux années de stabilité avec une inquiétude latente et l'espoir qui voulait faire surface. Personne ne cria « guérison » avec G majuscule et trois points d'exclamation. Mais on ne sait jamais, un miracle peut advenir, ça s'est déjà vu. Étendue sur son lit, les yeux fermés, elle comptait les jours depuis la fin de sa dernière crise, et elle souriait, elle se sentait bien, ses enfants endormis dans leur chambre, elle se disait tout va bien. Tout va bien. Peut-être que ça va durer. Peut-être que j'aurai une belle vie…

Malgré les médicaments qu'elle prenait consciencieusement et sa vie qui allait plutôt bien, la bête, appelée cataclysme, sans crier gare, était revenue la hacher menu. Sa force d'attaque cette année-là avait été sans précédents. Anéantie, la Cynthia. Sur les genoux, la Jacinthe. Effondrée pendant de longs mois, déconnectée, à ne plus reconnaître ses enfants.

Chaque fois, c'était pareil, depuis plus de vingt ans. Aussitôt qu'il y avait dans la vie de Jacinthe un semblant de quelque chose qui ressemblait à une vie normale, la bête réattaquait. Ses enfants étaient ballottés à la va-comme-je-te-pousse entre les crises qu'ils sentaient arriver, les hospitalisations et les grands-parents qui faisaient du mieux qu'ils pouvaient. La crainte des rechutes, la peur de ne plus la reconnaître, et l'angoisse absolue qu'elle ne les reconnaisse plus, toutes ces années de peur et d'impuissance et de déboulonnage constant de leur vie avaient réussi à les bousiller.

Si d'aventure vous croisez rue Hutchison une femme dans la quarantaine avec un visage qui maintes fois a connu l'enfer, si vous l'entendez parler seule ou répondre à quelqu'un que vous ne voyez pas, n'ayez pas peur, souriez-lui avec bienveillance, si vous le voulez, de toute manière, elle ne vous voit pas, trop occupée à éloigner le malheur qui s'en vient. Si elle est en hostie de crisse de tabarnak, et qu'il n'y a pas d'autres mots pour le dire, c'est qu'elle est en train d'invectiver son Dieu qu'elle aime tant pourtant, son Dieu pas causant qui l'a laissé tomber encore une fois. Et tant qu'à faire, des dieux comme ça, autant s'en passer. Mais elle, Jacinthe Beaulieu, elle y croit.

Le journal de Hinda Rochel

Mon cousin Srully s'en va à New York. C'est ma mère qui me l'a dit et elle est triste parce qu'elle aime beaucoup Srully. Elle voulait qu'il devienne rabbi. « À New York il ne sera jamais rabbi », a dit ma mère.

Je ne le lui ai pas dit, parce qu'elle avait trop de peine, mais moi je sais que Srully ne veut pas devenir rabbi. C'est pour ça qu'il va partir. Un jour, je me rappelle, j'étais encore petite, Srully est venu chez nous pour emprunter quelque chose à mon père. En attendant que papa arrive de son travail, Srully s'est assis dans la cour arrière de notre maison, il a sorti son livre pour étudier. Je suis venue à côté de lui, très près de lui. Aujourd'hui, je ne ferais jamais ça. J'étais petite et je ne savais pas qu'il ne faut pas déranger quelqu'un qui étudie. Il m'a demandé si je savais lire et si j'aimais lire. J'ai répondu oui aux deux questions. Alors il m'a dit : « Écoute. » Il a fermé son livre, il a fermé les yeux et m'a récité par cœur un long passage. C'était très beau. Même si je ne comprenais presque rien, j'ai trouvé ça magnifique. Ça ressemblait à un chant sans refrain. Quand il a fini, il a ouvert les yeux et il est resté longtemps sans parler. Moi j'étais debout à côté de lui sans bouger même si j'étais toujours en train de bouger quand j'étais petite. Sans me regarder, il m'a demandé: « Est-ce que tu aimes étudier ? » J'ai dit oui. « Est-ce que tu aimerais étudier toute ta vie ? » J'ai dit oui. Il m'a regardée comme s'il avait de la peine pour moi. « Toi, tu ne pourras pas étudier, même pas le Talmud, parce que tu es une fille. C'est pour cette raison que les femmes doivent obéir aux lois sans même les comprendre. Elles n'ont pas le droit d'étudier longtemps. Moi, j'ai de la chance. »

Il a fait un silence. Il a fermé les yeux. Il a dit: « C'est ça que je veux faire. Étudier toute ma vie. C'est ça que je veux. »

J'ai pensé tout de suite à tout ça quand ma mère m'a parlé du départ de Srully. La voix de Srully quand il a dit « c'est ça que je veux faire toute ma vie », je ne peux pas l'oublier même si j'étais encore une petite fille. Jamais.

Srully

Il était le quatrième d'une famille de dix enfants. Les plus vieux étaient déjà mariés et avaient plusieurs enfants. Il était donc le prochain à marier. Jusque-là, il n'était pas très chaud à l'idée, même si sa mère avait commencé à lui faire sentir que le plus tôt serait le mieux, il avait déjà dix-neuf ans !

Mais Srully aimait étudier. C'est ce qu'il aimait le plus au monde. Il savait que faire vivre une famille, c'était honorable, et avoir le plus grand nombre d'enfants était bien vu dans la communauté, il le savait. Mais il savait aussi que c'était une responsabilité énorme et que, en se mariant, il aurait moins de temps pour l'étude.

Il avait pensé à devenir rabbin. Mais ne devient pas rabbin qui veut. Il fallait être choisi par les plus riches et les plus influents de la communauté. Ceux-là, on a beau dire, ils avaient le choix, des garçons qui aspiraient à ce poste étaient nombreux. Et Srully n'avait rien pour plaire à l'élite. Il rougissait quand il parlait en public. Sa voix n'était pas très mélodieuse. Il était maigre, petit, le dos courbé. Il n'avait rien d'un orateur. Être pieux, ce n'était pas assez, il fallait pouvoir transmettre son message, il fallait pouvoir faire vibrer les passages de la Torah et faire frémir de piété tous les fidèles.

Srully était très pieux, mais surtout et par-dessus tout, il aimait les textes. La beauté des textes. Ce que les mots saints faisaient résonner en lui. Il aimait les questionner, les comprendre, découvrir les liens, chercher le sens, le trouver et le perdre, et le chercher encore et encore. Et puis, devenir rabbin, c'était surtout se consacrer à sa communauté. C'était une responsabilité plus énorme que celle de chef de famille. Répondre aux uns et aux autres, résoudre les problèmes du plus petit au plus grand, les disputes, les chicanes entre maris et femmes, entre voisins, entre frères et cousins. Les discordes existaient depuis Caïn et Abel et finissaient très mal, il avait lu et relu ces passages à faire peur. Il fallait calmer les esprits, ramener dans le droit chemin, trouver des solutions, conseiller, approuver, éclairer, menacer, imposer l'ordre. Et la pire des pires obligations qu'entrevoyait Srully, s'il devenait rabbin, c'était d'avoir à représenter la communauté à l'hôtel de ville.

Juste à penser à tout cela, son anxiété devenait insupportable. Srully n'aimait rien de tout cela, Srully n'aimait que l'étude. La réflexion et l'étude. Il aimait psalmodier. Murmurer les textes sacrés jusqu'à ce que sa gorge s'assèche à force de répéter les mêmes mots, les mêmes passages, jusqu'à la transe parfois. À son âge, il était de ceux qui connaissaient par cœur le plus grand nombre de versets de la Torah. Il était de ceux qui savaient le mieux disserter des enseignements obscurs du Talmud.

En petit groupe seulement.

Il aimait se retrouver en petit comité, même avec un érudit, qu'il vienne de New York ou d'ailleurs, deux ou trois personnes tout au plus, avec les textes sacrés à portée de main. Retrouver à la seconde la citation qu'il faut pour alimenter la discussion, la relancer, c'est ça qu'il aimait. Le bonheur de trouver une piste, une réponse, et son esprit s'enflammait. Argumenter, développer, arriver à une solution satisfaisante et parfois à l'illumination, là où le souffle nous manque tant on est heureux. Savourer ces quelques instants de béatitude en sachant que demain ou même tout à l'heure tout sera à recommencer.

Tout cela, il aimait. Il aimait infiniment.

Mais de là à monter sur une tribune et dire à haute voix ce qu'il avait étudié avec tant de joie et tant de labeur, de là à proférer à haute et intelligible voix ce qu'il savait être la vérité, une vérité si subtile et si changeante, cela le terrorisait, le terrorisait à mort.

Srully était né et avait grandi rue Hutchison, tout près de la rue Bernard, où il habitait encore. À un pâté de maisons de chez lui, au coin de Saint-Viateur, la *yeshiva* qu'il fréquentait depuis l'âge de douze ans. On pouvait dire sans se tromper qu'en sept ans, si l'on compte qu'il venait dîner à la maison et qu'il retournait à la *yeshiva* après le souper, il avait sillonné 21 330 fois au moins la rue Hutchison entre Bernard et Saint-Viateur. Pour n'importe qui, même pour un garçon de son âge, en évitant tricycles, trottinettes et bicyclettes, le trajet prenait dans les cent dix à cent vingt secondes, pour Srully, tout juste quarante-cinq secondes.

Dos voûté et tête baissée, il marchait à une telle vitesse et avec une telle hâte qu'il pouvait surprendre les nouveaux venus dans le quartier. Mais les riverains, eux, ne faisaient pas attention à lui, ils étaient habitués à la démarche hâtive des hassidim. Ils savaient aussi qu'à partir du vendredi à la tombée du jour et toute la journée du samedi, leur rythme ralentissait considérablement et l'aspect de la rue Hutchison changeait du tout au tout. Le trottoir devenait un lieu de détente: les hommes, à deux, trois ou quatre, bavardaient en déambulant lentement, de jeunes couples marchaient côte à côte avec le sourire, des familles entières, landaus compris, se déplaçaient dans leurs plus beaux habits, les plus vieux en papotant, les petits en courant devant, dans les limites permises.

Dans le cœur de Srully, ce n'était pas une journée de tout repos, on était loin de shabbat, un jour béni qu'il chérissait, non seulement pour le repos, mais pour les prières et les chants si différents des autres jours. Dans tout son être, Srully vivait un ébranlement, un déchirement. Il devait répondre à sa mère, et il ne savait pas quoi lui dire. Il avait essayé tant bien que mal de lui expliquer qu'il ne désirait ni se marier ni être rabbin, qu'il n'aimait que l'étude, ce qu'elle savait déjà. N'eût été le manque d'argent, sa mère aurait bien aimé lui laisser suivre sa voie et même qu'elle en aurait été fière, mais les choses étant ce qu'elles étaient, le paternel travaillant déjà comme un forçat, il fallait trouver un moyen de réussir à joindre les deux bouts. Le dilemme était terrible pour tous. Le seul qui pouvait le dénouer, c'était lui.

Srully avait faim, au sortir de l'école il avait toujours très faim. Un jour normal, en quarante-cinq secondes, il se serait déjà rendu à la maison, aurait lavé ses mains en faisant une prière, une autre avant d'engloutir son repas, et une dernière avant de retourner à ses livres. Aujourd'hui, il ralentissait son pas. S'il avait pu, il serait resté à la *yeshiva*. Il avait peur d'arriver chez lui. Ce matin même, il faisait encore noir, sa mère lui avait parlé avec des mots plus insistants encore, disant que la maison devenait trop petite pour tout le monde, ses frères et sœurs grandissaient, et plus les enfants grandissent plus ils prennent de la place et plus ils mangent, « et puis n'oublie pas, Srully, un autre enfant va naître dans un mois, par la grâce de Dieu ». Sa mère, ô Dieu, sauve-moi, sa mère avait même téléphoné à une marieuse qu'elle connaissait, « tu sais, Srully, une jeune fille riche serait plus que bienvenue pour nous sortir du pétrin ». Sa machine d'anxiété s'était alors mise à rouler au maximum. Les prières, les textes psalmodiés n'avaient à peu près rien changé à son état. Qu'allait-il répondre à sa mère ?

Arrivé devant sa maison, Srully fit volte-face et retourna en courant à l'école, il alla jusqu'à son pupitre et prit la lettre que son oncle maternel lui avait envoyée pour lui confirmer l'invitation qu'il lui avait faite. « Viens, Srully, lui avait dit son vieil oncle, viens, quand tu veux. Je n'ai plus personne, tu seras tranquille, tu pourras étudier tant que tu voudras. Srully, sois sûr que la communauté a besoin de jeunes gens comme toi. »

Ce jour-là, il avait remercié son oncle, lui avait baisé la main et l'avait portée à son front, et il l'avait serré dans ses bras. Mais Srully n'avait pas l'intention de quitter la maison de son enfance. Il était heureux ici avec sa famille, ses amis, ses professeurs. La rue Hutchison où il avait grandi, c'était tout ce qu'il connaissait et aimait. Sa rue, qu'il avait parcourue des milliers de fois à s'en user les semelles, une douzaine de paires de chaussures au moins, souvent trop petites. Hutchison n'était pas seulement sa rue, mais son lieu temporel.

Là-bas, tout serait différent là-bas. Une fois, son oncle l'avait amené passer une semaine avec lui. Il n'avait pas aimé. À New York, la *yeshiva*, à deux coins de rue de chez son oncle, était presque identique à *sa yeshiva*, mais ceux qui y enseignaient et y étudiaient, ne l'étaient pas du tout, il les avait trouvés imbus d'eux-mêmes et de leur savoir, rien à voir avec ce qu'un hassid devrait être, rien à voir avec un hassid d'ici. Une seule chose était mieux là-bas : la bibliothèque. Plus grande, et pleine de livres qu'il n'avait jamais lus.

Srully, les yeux embués de larmes, marchait lentement vers chez lui avec son papier plié et serré dans sa main droite. Sa décision était prise. Il n'avait pas le choix. Il irait à New York.

Son cœur battait à lui faire mal. Il n'avait plus faim.

Srully. Le petit Srully qu'elle avait vu grandir. Quel plaisir de le redécouvrir, d'entrer dans sa peau de jeune passionné, angoissé, solitaire. Enfant, il ressemblait aux autres garçons, puis vers douze ans, il avait changé. Elle ne le voyait pas tous les jours, mais chaque fois, elle remarquait sa différence. Toujours assis sur les marches de l'escalier, absorbé par sa lecture, le monde extérieur n'existait plus. Pendant que les autres garçons faisaient la course à bicyclette, se chamaillaient ou se tenaient en groupe, il marchait seul, un livre à la main.

Elle appréhendait d'entrer dans le monde de Srully, mais aussi dans tout l'univers des juifs hassidiques, si énigmatique à ses yeux. Dès qu'elle mit sa peur de côté : prêt pas prêt, j'y vais, un, deux, trois, *go* ! je plonge, je n'ai pas le choix ! Ça a déboulé…

Elle sentit tout de suite le fil qui la reliait à Srully. À la seconde. Son propre amour des livres n'était pas étranger à ce déclic. Leurs affinités apparurent. Plus nombreuses et plus importantes que leurs dissemblances. Le lien se traçait de lui-même, et les mots lui venaient facilement. Un plaisir de chaque instant d'écrire Srully, son jumeau d'un autre monde, ne serait-ce que par ce désir si grand d'accomplir ce qu'ils aimaient et par la passion qui les animait tous les deux.

Enhardie par son exploit d'avoir fait vivre Srully dans son livre, elle songea à la vieille femme hassidique qui l'intriguait et l'émouvait depuis longtemps. Bien avant que son projet sur la rue Hutchison soit en marche, elle avait eu l'idée d'écrire une nouvelle en s'inspirant d'elle.

Elle prit son sac et sortit. Elle voulait rafraîchir son image, sentir à nouveau ce que cette femme faisait vibrer en elle.

Celle qu'elle appelait Bathseva, l'aïeule, habitait du côté Mile End à six ou sept maisons de chez elle. Elle marcha vers Saint-Viateur le cœur bourdonnant de mots et d'émotions.

Elle la vit sur le trottoir devant sa maison, entourée d'enfants. C'était la première fois qu'elle la voyait en dehors de chez elle.

Deux adolescents d'une douzaine d'années la tenaient délicatement chacun par un bras et l'aidaient à monter les quelques marches de l'escalier en ciment. Elle ralentit son pas et les regarda. Aucun geste brusque, tout était doux et lent, on aurait dit que les enfants portaient un plateau de verres de cristal qu'ils ne voulaient surtout pas échapper. Était-ce ses petits-enfants ou ses arrière-petits-enfants ?

Arrivée à Saint-Viateur, Françoise revint sur ses pas. La vieille dame était déjà installée dans son fauteuil et regardait dehors. Des enfants, plus jeunes que ceux qui l'avaient accompagnée, jouaient sur le trottoir.

En marchant, elle répétait comme un mantra : trouver les bons mots, les mots justes, m'introduire doucement dans le corps, la tête, le cœur de cette femme que je vois depuis si longtemps assise au coin gauche de sa fenêtre. Trouver les bons mots, les mots justes… doucement…

Elle rentra chez elle, monta jusqu'à son bureau, sans précipitation et, le mantra en tête, elle écrivit Bathseva, l'aïeule. Presque d'une seule traite.

Bathseva, l'aïeule

Elle passait ses journées assise à la fenêtre. Au coin gauche de la large fenêtre d'où elle pouvait voir l'escalier extérieur et un bout de trottoir où les petits jouaient et d'autres, plus grands, attendaient l'autobus scolaire. Son fauteuil était confortable. Dès le matin, bien avant que ses arrière-petits-enfants partent pour l'école, Bathseva, l'aïeule, était déjà là, assise, à regarder dehors, les mains jointes sur son ventre maigre. Elle ne voyait plus bien, elle n'entendait presque pas, elle ne mangeait pas beaucoup, elle dormait peu, et son cœur tenait le coup. Il en avait vu bien d'autres, son cœur. Bathseva avait vécu ce que le monde pouvait produire de plus atroce, et beaucoup plus tard, ce qu'il pouvait offrir de plus beau.

Elle n'en parlait jamais. Elle n'en avait jamais parlé. À quoi cela aurait-il servi ? Et puis, comment dire l'indicible ?

Du bon, elle n'en parlait pas non plus. Tous ceux qui avaient vécu le bon avec elle étaient encore vivants par la grâce de Dieu. Pourquoi parlerait-elle de ce qu'ils savaient déjà ?

Bien sûr que les plus vieux avaient aussi vécu la pauvreté et la misère des débuts. Mais pourquoi se les rappeler ? Tout était passé et oublié.

La pauvreté et la misère, ce n'est rien. Cela fait partie de la vie.

L'indicible ne fait pas partie de la vie. Jamais elle n'avait pensé que l'indicible faisait partie de la vie.

Dans l'histoire de son peuple, l'indicible s'était produit plusieurs fois. Sa tête était trop fatiguée pour se rappeler tous les pays où cela s'était produit. Elle ne voulait pas se souvenir, elle devait nettoyer son cœur avant la mort.

Elle priait. Plusieurs fois par jour, elle priait pour que ça ne revienne jamais. Ni dans sa vie ni dans la vie d'aucun être vivant.

Pendant des années, elle avait réussi à tout oublier. Pour toujours, pensait-elle.

À son arrivée dans ce pays, elle habitait chez des parents éloignés qui l'avaient accueillie avec une grande bonté. Elle était tellement fatiguée de travailler toute la journée qu'elle tombait endormie comme une masse. La maison était bourrée de gens, des oncles, des tantes, des cousins, petits et grands, il y avait beaucoup à faire. Et toujours de nouveaux arrivants qui s'étaient échappés, eux aussi, par la bonté de Dieu. On s'entassait comme on pouvait, on priait beaucoup, on se nourrissait peu.

Puis, elle s'était mariée. Et les enfants commencèrent à arriver. Elle en eut six, que Dieu les bénisse et les garde en bonne santé, eux, leurs enfants et leurs petits-enfants. Seuls les pleurs d'un bébé pouvaient la réveiller la nuit, tant elle était épuisée. Des nuits trop courtes, sans rêves ni cauchemars, merci à Dieu. Au petit matin, le réveil sonnait, et la course commençait, les ablutions, les prières, le déjeuner pour tout le monde, les vêtements pas assez chauds, les bottes trouées. Après le départ des enfants, elle tombait endormie. Pas pour longtemps. Elle n'avait pas de machine à laver le linge à cette époque. Laver les vêtements à la main, faire le ménage, préparer les repas avec rien dans le garde-manger, prévoir le shabbat et toutes les fêtes sans pécule. Et raccommoder et coudre et repasser et nettoyer la maison. Et gratter, calculer, épargner. L'argent se faisait rare et les os pour la soupe servaient plusieurs fois.

Bathseva avait une santé fragile depuis toujours et se demandait parfois comment elle avait fait pour passer au travers et arriver jusqu'à la vieillesse. Elle ne se plaignait jamais. Tout cela faisait partie de la vie. Dans sa jeunesse, elle en avait tant et tant vu… Ce n'est rien, tout cela, les difficultés, le travail, la fatigue, la pauvreté et même la misère et la maladie, tout cela fait partie de la vie.

Depuis qu'elle était devenue vieille, elle ne pouvait espérer mieux pour finir sa vie. Tous ses enfants étaient mariés, avaient des enfants et des petits-enfants, aucun d'eux n'était dans le besoin, bien au contraire, et tous étaient en bonne santé. Que pouvait-elle demander de mieux comme fin de vie ?

« Tranquille… Bientôt, je mourrai tranquille… »

Et voilà que tout ce qu'elle voulait oublier revenait. En pleine nuit. Toujours les mêmes images, nuit après nuit. Ses frères et ses sœurs arrachés de force à leur lit, emportés comme des animaux à abattre, et elle, cachée, qui les regarde se faire tabasser et qui ne peut pas crier. Elle se redressait sur son lit, tremblante et en sueur. Elle espérait que ses cris étaient restés à l'intérieur d'elle, qu'ils n'aient réveillé personne. Ça ne sert plus à rien de crier. Elle aurait dû le faire avant. Elle aurait dû les arrêter. Arrêter les bras assassins. Crier assez fort pour que Dieu l'entende. Et elle pleurait. Ses frères et sœurs qu'elle n'avait plus jamais revus. Pleurait jusqu'à épuisement. Certaines nuits, ses visions étaient si vraies qu'elle se levait et cherchait ses frères et sœurs à travers la maison, ouvrait la porte, descendait l'escalier, il fallait qu'elle les retrouve.

Son fils ou sa bru la rattrapait à temps avant qu'elle n'atteigne le trottoir, lui parlait avec tendresse, et raccompagnait doucement l'aïeule à sa chambre.

Elle était épuisée pendant de longues heures quand ça arrivait – et ça arrivait de plus en plus souvent, malgré ses prières. Même s'asseoir à la fenêtre et regarder les enfants était exténuant.

Bathseva, l'aïeule, voulait juste mourir tranquille, en rendant grâce à Dieu. Pas mourir avec ces cris dans la poitrine, ces images dans la tête, la haine dans son cœur, parce qu'alors l'indicible aurait eu raison d'elle, tout comme il avait anéanti ses frères et sœurs et des millions d'autres gens.

Quand ça arrivait, le monde entier – victimes, bourreaux et témoins enchevêtrés – s'abattait sur ses frêles épaules, sur son corps endolori. Et la question qu'elle portait dans ses gènes depuis le premier exode des juifs revenait lui meurtrir le cœur. Pourquoi ? Pourquoi ? Pourquoi ? Et la peur. La peur féroce.

Et elle priait pour que plus jamais l'humanité…

Et elle priait.

Oublier. Mourir en paix.

Et elle priait…

Elle priait.

Interstice

Petite histoire d'une rue écartillée

Hutchison est un patronyme écossais. Pour honorer la famille qui avait vendu ses terres à la ville, Montréal changea le nom de la rue Taylor pour lui donner le nom de Hutchison. C'était en 1889.

La rue Hutchison s'allongea du sud vers le nord suivant le mouvement de la ville qui se développait en s'éloignant du fleuve, et devint peu à peu ce qu'elle est aujourd'hui. La rue Saint-Viateur, tracée en 1896, fut nommée en l'honneur des clercs de Saint-Viateur, un ordre religieux enseignant installé à Outremont, et l'avenue Bernard ne prit son nom qu'en 1912.

Hutchison n'est pas une rue comme les autres, la preuve, demandez à n'importe quel chauffeur de taxi arrivé à Montréal depuis peu de temps ou vivant ici depuis des générations, demandez-lui où se trouve la rue Hutchison ou mieux donnez-lui l'adresse et laissez-le vous y conduire. Aucun chauffeur ne vous dira qu'il ne connaît pas, aucun ne vous fera répéter le nom, aucun ne se trompera de chemin.

Hutchison a toujours eu un trottoir dans le Mile End et un autre dans Outremont. Les pieds écartillés, le cul entre deux chaises comme beaucoup d'immigrants – qui sont d'ailleurs nombreux à y demeurer. La rue ne s'en porte pas plus mal. Même avec le projet Une île une ville, Montréal réorganisé en arrondissements, la rue Hutchison est restée coupée en deux. Un côté dans l'arrondissement du Plateau-Mont-Royal et l'autre dans celui d'Outremont. Non seulement son appartenance est-ouest est double, mais elle est sectionnée deux fois dans l'axe nord-sud, par le Mont-Royal et par le chemin de fer, au niveau de Van Horne.

De Sherbrooke à la gare Jean-Talon, métro Parc, Hutchison apparaît et disparaît plusieurs fois, presque jamais en ligne droite comme le sont généralement les rues de Montréal. Capricieuse comme pas une, elle change de direction, devient sens unique à plusieurs reprises, vers le nord ou vers le sud, et redevient à double voie sans s'annoncer à partir de Fairmount jusqu'à Van Horne. Les dos de chameau font maintenant partie intégrante de la chaussée et les énormes pots à fleurs reprennent leur place au beau milieu de la rue à la saison estivale entre Laurier et Van Horne.

À première vue, Hutchison est une rue résidentielle qui ressemble à plusieurs rues de Montréal avec des immeubles contigus, à deux ou trois étages, façades en brique ou en pierre grise, escaliers droits ou en colimaçon, balcons, rectangles de terre, de gazon ou jardinets, beaucoup d'arbres, très peu de restaurants et de magasins. L'architecture extérieure n'a pas beaucoup changé. Seuls le bois et le fer forgé de certains balcons et escaliers ont été changés pour des matières plus « modernes » ayant besoin de moins d'entretien.

C'est le coin Hutchison/Bernard, côté Mile End, qui a subi le plus de changement depuis les années 1970. Le terrain vague sur lequel trônaient une seule pompe à essence et un semblant de garage a été remplacé par un immense café-restaurant bleu grec qui défiait l'entendement et la loi 101 en s'appelant Buy More. Avec le temps, celui qu'on surnommait Monsieur Buy More s'est fatigué des hamburgers et des souvlakis, a loué son restaurant puis, quelques années plus tard, a vendu l'immeuble, deuxième étage compris, à des juifs hassidiques du quartier.

Après l'achat, toutes les vitres ont été recouvertes de papier, et la bâtisse semblait être laissée à l'abandon. Puis, petit à petit, le coin est devenu un lieu de rassemblement, sans pour autant que les papiers bruns et sales soient retirés. Sans doute que l'emplacement se transformera en synagogue, avec école au deuxième, ce ne sera pas la première dans le quartier, puisque déjà dans les années 1980, à l'angle de Hutchison et Saint-Viateur, une énorme maison de chambres et de 1½ meublés a été démolie et convertie en synagogue et *yeshiva*. Ce fut la première de la rue, en tout cas la plus visible en raison de sa taille et du nombre de hassidim qui la fréquentent tous les jours et pas seulement à shabbat et aux fêtes. Il y a quelques années, elle a même fait la manchette en même temps que son voisin d'en arrière, le YMCA de l'avenue du Parc…

Les maisons sur Hutchison restent à peu près les mêmes, mais les riverains se renouvellent, bien que certains n'aient pas bougé depuis des décennies. La venue progressive des hassidim est le changement le plus flagrant. Juste à voir le nombre d'enfants jouer sur les trottoirs, les synagogues, les *yeshivot*, les *mikvaot* et les *mezouzot* qui prolifèrent sous nos yeux, l'image est claire et contribue à la spécificité de la rue Hutchison écartelée entre le Mile End et Outremont. Entre Yaveh, Dieu, Allah… et aucun des trois !

Côté Outremont

Le journal de Hinda Rochel

J'ai dit à ma mère : « J'aimerais ça écrire un livre un jour quand je serai grande. » Je ne sais pas pourquoi je lui ai dit ça, je faisais de la fièvre, c'est sûr. Elle ne savait pas ce que je voulais dire. Le seul livre qu'elle connaît c'est la Torah. Elle a dû lire d'autres livres à l'école. Jamais des livres profanes comme moi. Elle a arrêté en 4e année… Quand elle a fini par comprendre, elle a soupiré. Elle a levé les yeux au ciel et m'a regardée comme si je venais juste de tomber d'une autre planète : quand tu auras des enfants, tu n'auras plus le temps pour rien d'autre. Elle ne m'a pas demandé si je voulais me marier et avoir des enfants. Impossible de poser cette question-là chez nous. Tout le monde se marie dans notre communauté. Les seules personnes pas mariées que je connais, c'est mon oncle Shmully parce qu'il est infirme et une tante de Naomi qui est très bizarre et qui a mis le feu à leur maison. Pour finir, ma mère a sorti une phrase toute faite comme chaque fois que je lui demande une chose un peu différente. Elle a dit avec une voix fâchée : « Ma fille, une femme doit se marier et avoir des enfants et les élever, PAS lire et écrire ! »

Comme si je ne le savais pas déjà. Des fois j'ai juste envie de. Que Hashem me pardonne, j'ai envie de. Je ne sais plus quoi faire avec elle! Elle me... non je ne peux pas écrire ça dans mon journal.

Chawki et Isabelle

Depuis qu'il avait lu les romans d'Andrea Camilleri traduits en français, il avait adopté le mot *coucourde* pour dire « tête ». Isabelle aussi avait lu les mêmes romans et, entre eux, ils employaient *viretourne*, *pirsonnellement en pirsonne*, *bâfrer*, *les minots*, *quelle gabegie !* et bien d'autres mots et expressions qui les faisaient rire. *Coucourde* revenait le plus souvent dans leurs conversations parce que la coucourde de Chawki lui causait souvent des ennuis. Elle se déboîtait et se remboîtait cinquante fois par jour. Peut-être pas autant, mais Chawki avait tendance à exagérer – l'exagération faisant partie de ses origines arabes –, n'empêche que c'était sa perception, *et* sa tête !

Sa capricieuse coucourde lui envoyait une lumière embrumée, embroussaillée et triste sur ce qui, l'instant d'avant, avait été clair, limpide et joyeux. Son humeur pouvait se comparer à un globe lumineux, qu'on allume ou qu'on éteint. Toutefois, dans une même journée, l'ampoule restait beaucoup plus longtemps allumée qu'éteinte. Mais pourquoi s'éteignait-elle si brusquement et se rallumait-elle comme par magie alors qu'objectivement rien n'avait changé autour de lui ?

Pendant plusieurs minutes, qui lui semblaient éternelles, tout devenait laid et incompréhensible, et ce qu'il aimait le plus au monde, soudainement insipide et sans valeur. Rien n'avait plus de sens, tout s'embrouillait dans sa coucourde, et il remettait tout en question : sa vie, ses choix, et même son amour pour Isabelle.

Et puis, paf, comme par enchantement et de manière tout aussi aléatoire, son humeur joyeuse reprenait le dessus.

« Comment la même vie, dans la même journée, peut-elle être mortellement ennuyeuse ou tout à fait magnifique ? » se disait-il quand il revenait à lui. Parfois il se demandait où se cachait la vérité : dans les moments qu'il vivait dans la lumière ? Ou bien dans ceux qu'il passait dans la noirceur ?

Comme il était incapable de répondre d'une manière définitive à ces questions qui le tarabustaient, il essayait de ne pas trop y penser.

Chawki avait rencontré Isabelle alors qu'ils étaient tous les deux étudiants à Paris. Il l'avait aimée à la minute où il l'avait vue. Elle avait commencé à l'aimer presque un mois plus tard. Le lendemain de ce mois qui lui parut un siècle, ils échangèrent leurs promesses d'amour pour la vie et fixèrent la date de leur mariage. Il fallait prévoir assez de temps pour que les parents d'Isabelle, qui traversaient l'océan pour la première fois, puissent se préparer pour venir assister au mariage de leur fille. Chawki, lui, n'avait plus de famille. Les siens étaient tous morts dans une lutte sans merci entre clans. Haine et vengeance duraient depuis des générations. Il était le seul survivant de sa famille immédiate.

Chawki et Isabelle étaient mariés depuis vingt ans et aussi amoureux l'un de l'autre que les premiers jours et même que leur amour avait grandi, s'était approfondi et s'était multiplié par trois – trois enfants qu'ils adoraient. Leur mariage était ce qu'on appelle un mariage mixte, lui était tunisien et elle québécoise. Mais les mariages ne sont-ils pas toujours mixtes, composés de deux êtres de nature différente ?

Différents, ils l'étaient. Elle, blonde à la peau diaphane, élancée, presque aussi grande que lui qui avait une taille moyenne et était plutôt robuste, la peau plus foncée, les cheveux crépus. Elle voulait que Chawki enseigne l'arabe aux enfants, lui voulait oublier sa langue et sa culture ; elle insistait pour qu'ils portent prénoms et patronyme arabes à défaut de parler la langue de leur père, lui n'y tenait pas ; elle avait envie d'aller en Tunisie pour les vacances et lui préférait de beaucoup le Mexique.

Isabelle ne comprenait pas. Elle lui disait « Pourquoi tu t'entêtes ? Pourquoi tu renies ce que tu es ? » « Pas du tout, lui répondait-il, comment pourrais-je renier qui je suis. Et même si je le voulais… Mais tout ça est passé. Nourrir le passé, c'est nourrir un corps mort. Même si je donne le nom de Fathi à mon fils, il ne ressemblera jamais à son grand-père. Son grand-père est mort et moi j'ai failli mourir. Si je ne m'étais pas enfui, je ne t'aurais jamais rencontrée… Pourquoi faire semblant ? Pourquoi essayer de baragouiner une langue quand je sais que mes enfants ne la parleront jamais correctement ? Pour faire *cute*, pour faire exotique ? Laissons les morts avec les morts, occupons-nous des vivants. Le passé ne revivra jamais. J'aime mieux m'occuper du présent. Et puis n'oublie pas, ma chérie, d'après les bouddhistes, l'identité est aussi une illusion ! »

Paroles, paroles, chantait Isabelle en elle-même... De temps en temps, elle revenait à la charge et Chawki répondait sensiblement la même chose. Mais elle n'arrivait pas à comprendre. Ses arguments ne tenaient pas la route. Ne pas vouloir vivre dans le passé est une chose, mais l'effacer complètement pour, soi-disant, s'occuper du présent, ça ne tourne pas rond dans ta coucourde, mon amour.

Elle n'osait pas lui parler du deuil de sa famille, de son pays. Sujet tabou.

Chawki voulait s'occuper du présent, comme il disait, du quotidien, et dans ce domaine, il excellait. Ça faisait partie de son charme et de ce qu'elle aimait en lui, entre autres. Il était le seul homme qu'elle connaissait si proche de ces « petites choses de la vie ». Il savait profiter de chaque instant, et même qu'il les mettait en scène, ces moments, il les provoquait. C'était un magicien de la quotidienneté. Avec lui, il était impossible de s'ennuyer. Jamais dans cette famille on n'avait entendu un enfant dire : oh non pas encore du steak haché ! Les repas, c'était presque toujours lui qui les mijotait. Même les restants ressemblaient à des petits festins. Isabelle était ravie. Faire la cuisine n'était pas son point fort, mais pour savourer, ôtez-vous de là ! Elle faisait plaisir à voir, et il adorait lui faire à manger. En préparant le repas, il l'imaginait déjà : ses yeux se fermaient pour mieux goûter la nourriture, ses yeux amoureux s'ouvraient sur lui, qui était en train de la regarder et la suite était imprévisible… Elle pouvait bâfrer sans un mot comme leur personnage préféré, Montalbano, ou s'exclamer et questionner à plus finir. « Mange, chérie, ça va refroidir. Je te dirai comment j'ai fait après. » Ce qu'il ne lui disait jamais puisqu'il ne le savait plus… le présent était déjà passé.

Sa cuisine n'avait pas toujours autant de succès auprès de ses enfants, mais quand leurs amis débarquaient et qu'ils se retrouvaient tous autour de la table à s'empiffrer, il devenait le plus supercool de tous les pères…

De sa Tunisie natale, la cuisine était la seule chose qu'il gardait vivante. De mémoire, il arrivait à faire presque tous les plats qu'il avait déjà mangés et ce qu'il avait oublié, il l'inventait. Il ne consultait aucun livre de cuisine et ne mettait jamais les pieds dans un restaurant tunisien ou nord-africain.

Il n'était plus tunisien et n'était québécois que par amour pour Isabelle et ses enfants. Il aimait ce pays parce qu'il les aimait. Tout comme on dit que l'ami de mon ami est mon ami, il disait – et le sentait profondément – « le pays de mon amour est mon pays ». L'amour avait été pour lui la porte d'entrée de ce pays et de sa culture. Une voie royale que les immigrants n'ont pas toujours la chance d'emprunter.

Lui qui avait perdu les siens et son pays du même coup savait que son amour pour Isabelle, et plus tard pour ses enfants, lui avait redonné un second souffle de vie.

Quand la lumière de sa coucourde s'éteignait et que pendant quelques minutes son amour pour Isabelle et pour ses enfants était moins vif, il se sentait orphelin et malheureux. Mais ça revenait, son amour revenait toujours plus fort.

Si Isabelle un jour ne l'aimait plus – ce qui était impensable, inimaginable –, il ne savait pas s'il survivrait une seconde fois.

On ne saura jamais ce qui s'est passé exactement dans la coucourde de Chawki pour que du jour au lendemain son attitude change complètement par rapport à son passé, son identité, sa culture, sa langue. Était-ce la fin de ses deuils qui l'accablaient depuis si longtemps ? Était-ce l'impact du 11 septembre 2001 sur les musulmans – et même sur ceux qui avaient l'air musulmans – que l'on regardait comme s'ils étaient tous des terroristes ? Était-ce les questions de ses enfants qui le forçaient à se définir ? « Est-ce qu'on est des Arabes, papa ? À l'école, tout le monde dit du mal des Arabes. Est-ce qu'on est des musulmans, papa, des terroristes ? » Il leur répondait du mieux qu'il pouvait. « Je suis musulman par mes parents et par mon éducation, je l'ai été pendant mes vingt-cinq premières années de vie. Paix et prières à ceux qui le sont encore, je ne le suis plus. Je suis non religieux. Vous, mes enfants, vous n'êtes pour l'instant ni catholiques ni musulmans. Vous choisirez quand vous serez en âge de choisir, si vous avez envie de choisir. Laissez aux autres les dissensions, les disputes et la haine. Vous êtes les nouveaux citoyens du monde, comme tant d'autres, vous venez d'une famille mixte, qui embrasse large et bien. Sans fanatisme. Avec un absolu respect des différences. Mais bon sang ! Nous vivons au Québec, que je sache, un pays libre et ouvert sur le monde ! »

Toujours est-il qu'au lendemain du 11 septembre, sans même être poussé par Isabelle, Chawki s'était mis à raconter à ses enfants sa jeunesse vécue en Tunisie et la vie de leurs grands-parents dont ils n'avaient jamais entendu parler. Il cherchait aussi une manière de leur enseigner l'arabe. Sans trop savoir comment ni par où commencer, il a fait le tour de quelques librairies de ville Saint-Laurent, puis il a trouvé, à deux pas de chez lui, à la bibliothèque du Mile End, un rayon plein de livres en arabe pour enfants, des CD d'apprentissage, de la musique arabe, enfin tout ce qu'il lui fallait pour entreprendre sa tâche.

Isabelle attendait ce moment depuis longtemps, elle était enchantée, mais les enfants, eux, beaucoup moins. Les histoires racontées par leur père, ils en redemandaient, mais la langue... Ils rechignaient au début de chaque leçon. Par contre, quand ils apprenaient un mot nouveau, ils étaient fiers et couraient le répéter à leur mère, qui peu à peu s'était mise à baragouiner tout comme eux. Chawki trouvait la tâche ardue. Chaque semaine, une heure avec l'aîné et une heure et demie avec les deux plus jeunes, sans compter toutes les fois où il devait revenir sur les mêmes mots durant la semaine pour que ça rentre dans leur coucourde...

Quant à la sienne, sa joueuse de tours de coucourde, elle virait parfois au noir, mais de moins en moins souvent. Elle le laissait galéjer avec ses minots et son jeunot... Les sons gutturaux de cette sacrée langue arabe étaient difficiles à réussir, mais amusants à faire. Ils riaient beaucoup, ça les rapprochait, ça en valait la peine, « pourquoi n'ai-je pas commencé plus tôt ? »

Quand il y avait trop de tracassin à son goût au bureau, Isabelle filait en douce pour venir assister *pirsonnellement en pirsonne* à la sympathique *gabegie* ! Et elle bichait, la belle Isa, elle bichait ! Ravie, elle l'était, même si elle devait préparer les repas plus souvent qu'avant, car Chawki, le prof, avait pris son rôle vraiment au sérieux, mais jamais elle ne l'avait entendu rire avec autant de joie, la gorge enfin pleinement ouverte !

LE JOURNAL DE HINDA ROCHEL

C'est interdit de rentrer dans la chambre de nos parents. Nous, les enfants, on le sait. On ne le fait jamais. Une fois la porte était restée ouverte, j'ai vu les deux petits lits avec un petit meuble entre les deux lits. Dans cinq ou six ans, j'aurai moi aussi un lit à côté d'un homme que je ne connais pas. Des fois j'ai hâte. Des fois non. Je sais qu'un homme et une femme ensemble font des enfants. Mais je ne sais pas comment ils font. « C'est naturel, m'a dit ma mère. Tu feras ce que ton mari te demandera. Une femme obéit à son mari ». J'ai essayé de savoir ce que mon mari pourrait me demander. Mon petit frère a commencé à pleurer et ma mère est partie s'occuper de lui à la seconde. Je l'ai vu sur son visage. Elle était contente. Ma mère n'aime pas mentir, je la connais, quand elle ne sait pas quoi dire, elle aime mieux rien dire.

Les femmes n'étudient pas le Talmud et c'est pour ça qu'elles doivent obéir, c'est ce que m'avait dit mon cousin Srully. J'étais petite mais j'ai une très bonne mémoire. Je commence à comprendre. Elles sont obligées d'obéir parce qu'elles ne peuvent pas étudier. Mais là je ne comprends plus du tout. Moi j'aime étudier. Moi je veux étudier. Je ne comprends pas. PAS. PAS. PAS.

Françoise Camirand

Le chroniqueur radio présente le dernier livre d'un écrivain connu. Il raconte un peu l'histoire…

L'animatrice: Est-ce que c'est vrai, est-ce que c'est lui ?

Le chroniqueur: Non, ce n'est pas lui. Il ne se prend jamais comme personnage de ses livres. Mais c'est bon, très bon.

L'animatrice: Oui, mais moi, j'aime ça quand c'est une histoire vraie. Il faut que ce soit bien écrit, évidemment, mais une histoire vraie, je sais pas, c'est autre chose…

Le chroniqueur: Souvent, on a tendance à confondre faits vécus et vérité du récit… Dans le roman de Germani, on entre avec lui dans le monde qu'il nous propose, c'est vrai et on y croit, c'est vrai puisqu'on le croit. Et c'est bien écrit, c'est ça l'important au fond. C'est merveilleusement écrit et ça transpire la vérité.

Cette conversation radiophonique sur laquelle elle est tombée en attendant les infos lui faisait penser à ce que lui avait dit Jean-Hugues, son éditeur, quand il avait essayé de la convaincre d'écrire son autobiographie. « Tes lecteurs veulent te connaître, lui avait-il dit, ils attendent avec impatience. Tu sais comme les histoires vraies sont prisées de nos jours. Tout le monde veut des histoires vraies ! La littérature, c'est dingue, en ce moment. Juste à dire que c'est une histoire vraie et ça se vend comme des petits pains chauds. Les lecteurs en ont marre de la fiction ou quoi ? ! Est-ce que la télévision avec les confessions outrancières de ses vedettes et ses téléréalités a déteint sur les lecteurs ? Est-ce que la réalité donne plus de frissons que la fiction ? Est-ce que les écrivains font leur *ego trip* et oublient leurs lecteurs ? Même le cinéma s'y est mis avec ses sous-titres "Histoire vraie", plus gros que le titre du film ! Cet engouement pour les histoires vraies me dépasse. Et pourtant, les polars, ça marche très fort, et plus fiction que ça, tu meurs ! »

Elle écoute les infos jusqu'au bout, éteint la radio et se met *Les nouvelles polyphonies corses* sur le lecteur CD… En quelques secondes, les voix remplissent son bureau, les plantes et les chats sont contents, et elle aussi.

Elle met de l'eau à bouillir pour un thé, en pensant au personnage sur lequel elle travaille. Elle l'imagine penchée sur un gros livre ouvert qu'elle lit avec avidité debout tout comme elle en train de se faire un thé. Aucun bruit dans la maison sauf par moments le ronron du frigo qu'elle n'entend pas et le frémissement de l'eau qu'elle n'entend pas davantage. Survient un bruit bizarre. Elle lève les yeux apeurés, regarde tout autour, pendant une seconde, elle avait oublié où elle se trouvait. Plus une goutte d'eau dans la casserole et le fond est cramé…

La première fois qu'elle la vit, c'était à la librairie L'Écume des jours, rue Saint-Viateur. C'est clair, cette femme est une amoureuse des livres. Au café Olimpico juste en face de la librairie, elle déballe ce qu'elle vient d'acheter, regarde les livres tous bords tous côtés, les flatte et, avec un sourire, se demande lequel sera le premier.

Pendant plusieurs années, de temps à autre, elle la croisait soit à la librairie soit au café. En l'apercevant à la pharmacie, il y a deux jours, Françoise a constaté qu'elle ne l'avait plus revue depuis longtemps.

Celle qu'elle appellera Martine Saint-Amant avait beaucoup changé. Son visage était pâle et fripé, elle n'avait pas l'air dans son assiette. Rien à voir avec la femme pleine de vie qu'elle avait observée quelques mois auparavant. On aurait dit qu'elle s'accrochait à son livre pour ne pas tomber, avec un tremblement à peine perceptible. Elle était assise, attendant qu'on lui prépare son ordonnance.

Quand on l'appela, elle n'eut aucune réaction, absorbée par sa lecture, elle n'entendait rien. La pharmacienne répéta le nom un peu plus fort, les autres clients firent signe que ce n'était pas eux, elle ne bougea pas davantage. Françoise s'approcha d'elle, lui toucha doucement le bras et lui dit : « Madame, je crois que c'est à vous. » La dévoreuse de polars la regarda avec un visage qui revenait de loin... Elle se leva et Françoise eut le temps de voir qu'elle lisait *Le poète* de Michael Connelly. Un excellent roman policier.

Martine Saint-Amant

Elle lisait comme on se réfugie.

Dès le réveil et jusqu'au moment de s'endormir, même parfois la nuit quand elle ne parvenait pas à se rendormir, elle lisait des romans policiers. C'était la seule littérature qu'elle arrivait à fréquenter, la seule chose qu'elle arrivait à faire. Lire des polars la captivait, lui procurait du plaisir, la faisait voyager, lui permettait de ne plus penser à ce qui lui était arrivé.

Lire était la seule chose qu'elle avait trouvée pour contrer le pouvoir écrasant du chagrin.

Elle lisait allongée sur le canapé du salon, assise à la table de la cuisine avec un café ou quelque chose à manger, enfoncée dans les oreillers et les coussins de sa chambre à coucher, dans son bain, dans l'ottomane de la salle de télé, téléviseur éteint. Elle lisait même aux toilettes. Mais jamais dans son bureau ni dans celui de son mari.

Elle lisait en attendant que ça passe.

Avant d'être une dévoreuse de polars qui se déplaçait de pièce en pièce pour trouver une nouvelle position et pour reposer ses yeux, Martine Saint-Amant travaillait dans une sympathique boîte de communication au centre-ville. Pour ne jamais être en reste et accoter les jeunes loups qui la poussaient dans le cul, elle s'était défoncée au travail. Elle avait tellement étiré l'élastique que ça lui avait pété dans la face. *Burn-out*. Congé de maladie signé par un médecin. Repos obligatoire. Dans son milieu de travail, on disait *burn-out* au lieu de dépression. Ça faisait sans doute plus chic, moins maladie mentale. *Burn-out*, ça voulait dire qu'on s'était brûlé les ailes, qu'on s'était fait suer le burnous, qu'on s'était décarcassé au boulot, qu'on pouvait donc s'en péter les bretelles, s'en enorgueillir.

Une bonne nouvelle n'arrive jamais seule, dit-on, les mauvaises non plus. Dans la même semaine, son mari la quittait. Ce n'était pas sur un coup de tête, ça se préparait depuis longtemps... Son mari, son deuxième mari, avec qui elle vivait depuis presque dix ans, avec qui elle voulait vivre toute sa vie.

Elle se retrouva donc Gros-Jean comme devant, une expression qui la faisait bien rire dans le temps.

Martine Saint-Amant avait toujours été une fervente lectrice. Une passionnée. Depuis l'enfance, ce n'était pas seulement son passe-temps favori, c'était sa nourriture quotidienne. Même harassée, après une journée de travail, elle trouvait toujours le temps et l'énergie de lire, ne seraitce que quelques pages. Elle lisait de tout, surtout des romans intenses et profonds qui questionnent et bouleversent. Elle aimait cette expérience, douloureuse parfois, d'aller au tréfonds de soi avec les mots d'un écrivain ou d'une écrivaine qui se farfouillait les entrailles, s'arrachait les tripes pour trouver un sens à la vie avec des mots infiniment beaux, presque de la poésie.

Le sens de sa vie venait de prendre une sérieuse débarque, ce qui faisait qu'elle n'arrivait plus à ouvrir ce genre de livre sans avoir envie de vomir. Son ébranlement personnel suffisait. Pas besoin d'en rajouter. Une petite poussée de rien du tout, une malencontreuse émotion de plus et ce serait la débâcle.

Mais la lecture lui manquait. L'acte, et l'objet aussi. Elle aimait savoir qu'un livre l'attendait, on ne se sent jamais seul quand un bon livre nous attend. Lire n'importe où, n'importe quand, dans n'importe quelle position, sans que ça fasse de bruit, sans déranger personne; elle aimait serrer contre elle ce rectangle de feuilles serrées les unes contre les autres avec plein de mots écrits en noir sur fond blanc, et partir dans des mondes inconnus, vers soi ou vers les autres. Petite, elle disait: « J'aime trop ça, lire. » Grande, le « trop » était resté.

Avant son coup de foudre pour le roman policier, elle avait lu un ou deux Agatha Christie, un ou deux Simenon, elle avait trouvé ça bon, mais n'avait pas mordu. Et un jour, il y eut un miracle. Ça faisait deux semaines que son mari l'avait quittée, qu'elle avait quitté son travail et que ses amies étaient retournées au leur, après quelques visites de soutien. Dans son condo de la rue Hutchison, les yeux rouges et gonflés, affaiblie, abattue, sans appétit, seule à tournailler sans savoir quoi faire de sa peau et de sa vie, elle fouilla dans sa bibliothèque à la recherche d'un livre qui pourrait la divertir un peu. Les scénaristes de *Desperate Housewives* auraient eu du mal à remplir cinq minutes d'émission avec une Martine Saint-Amant qui n'était plus que l'ombre d'elle-même, « ben trop dull », comme aurait dit sa mère, qui n'était pas là pour la consoler parce que « Mascouche, c'est pas à la porte quand l'auto est au garage à cause de l'accident de ton père, et puis, si seulement t'arrêtais de pleurer, fille, un sans-dessein de même, c'est pas si difficile que ça à remplacer, en tout cas… »

Les antidépresseurs n'y arrivaient pas. Un tremblement incessant à l'intérieur de son thorax, comme si elle avait été découpée en lamelles. Chaque fine lamelle avait sa propre couleur, sa propre texture, un frémissement différent. Les dix années qu'elle avait vécues avec lui. D'abord l'amour fulgurant, puis pénétrant, puis reposant, puis nous vieillirons ensemble, puis le chaos qui vient de nulle part. « Comment ai-je fait pour en arriver là ? » Antidépresseurs et anxiolytiques n'arrivaient pas à l'apaiser.

Le miracle était advenu par un livre qu'une amie avait oublié chez elle : *Pars vite et reviens tard* de Fred Vargas. Ce fut le coup de foudre. Pendant les nombreuses heures passées avec le commissaire Jean-Baptiste Adamsberg et le capitaine Adrien Danglard, elle n'avait plus eu mal. Elle était comblée. Sa concentration nulle depuis un bon bout de temps avait repris du poil de la bête. Avant la fin de sa lecture, elle courut à la bibliothèque du Mile End et prit tout ce qu'elle pouvait trouver des enquêtes d'Adamsberg. Puis vint Harry Bosch, puis Kurt Wallander, puis...

Peu à peu, elle se détachait de la vie réelle pour s'attacher à la fiction policière, surtout aux enquêteurs : inspecteur, lieutenant, sergent, détective privé, sergent-détective, commandant, commissaire, cela dépendait du polar. Les auteurs n'avaient pas beaucoup d'importance, c'était le personnage principal – et parfois ses collègues – qui lui importait. Elle oubliait très vite que ces personnages avaient été inventés par quelqu'un qui en était l'auteur. Elle s'attachait à Bosch, Erlendur, Montalbano, John Rebus, Frédéric Fontaine, Wallander, Adam Dalgliesh, Varg Veum, Victoria I. Warshawski, Harry Hole, Jessica Balzano, Kevin Byrne, Jack Reacher, Easy Rawling, Scuder, Pepe Carvalho et tant d'autres.

Chaque enquêteur qui se démenait comme un malade pour trouver le coupable était plus proche d'elle qu'un frère, qu'un ami. Elle le suivait pas à pas dans ses moments de découragement, d'espoir ou d'euphorie. Pendant les centaines de pages et les innombrables heures que durait la lecture, elle tenait compagnie à l'enquêteur tout comme ce dernier lui tenait compagnie. Parfois elle oubliait qu'elle était en train de lire, elle était complètement à l'intérieur de l'histoire et le souffle lui manquait quand la scène devenait excitante ou angoissante.

Pour elle, un roman policier ressemblait beaucoup à la vie. Avec ses horreurs et ses beautés. Peut-être même plus que les livres qu'elle lisait avant. Là, c'était un condensé de la vie revue et corrigée par l'auteur, ici, c'était la vie ordinaire d'un gars, parfois d'une fille, qui faisait son métier. La vie avec ses problèmes et ses interrogations se déployait, sans la prétention de révolutionner la littérature, avec souvent des pages éblouissantes au passage. La seule différence d'avec la vie: on finissait par connaître le coupable. Oui, c'était bien, on connaissait le coupable, mais dans les polars, ça voulait dire que le roman était fini. C'était le chemin pour y arriver qu'elle trouvait excitant, les hauts, les bas et les surprises qu'elle aimait.

Avant de tomber en amour avec les romans policiers, elle pensait que les polars étaient tous de la même qualité. Sans se l'avouer, elle avait un certain mépris pour ce genre littéraire. Quand elle tombait sur des bijoux ciselés en chef-d'œuvre, elle en prenait plein la gueule et se souvenait du même coup de cette phrase de Félix Leclerc: « L'ignorance a le mépris facile. »

Comme tous les genres littéraires, les polars étaient de différentes qualités. Parfois avec de grosses fautes, des incongruités, l'écriture n'était pas toujours soignée, mais elle s'en foutait. Tant qu'elle ne connaissait pas l'enquêteur, qu'elle n'y était pas encore attachée, elle mettait le livre de côté et elle en prenait un autre. Par contre, plus elle connaissait le personnage principal, plus elle pardonnait les défauts de l'intrigue ou de l'écriture comme on pardonne les erreurs d'un ami, parce qu'on sait qu'il reviendra à lui, tel qu'on l'a connu, tel qu'on l'a aimé. Elle prévoyait le coup, elle avait toujours une pile de livres qui l'attendait.

La bibliothèque du Mile End était bien garnie, les bibliothécaires étaient gentils et le bâtiment se trouvait à deux pas de chez elle, en plus de quatre librairies, dont une de livres usagés, rue Saint-Viateur.

Quand elle commençait un nouveau livre, une nouvelle aventure d'un enquêteur qu'elle connaissait, elle frétillait comme si elle allait revoir un amoureux qu'elle n'avait pas vu depuis longtemps.

Même si elle n'y pensait pas à tout moment, elle en était consciente : la littérature policière lui avait sauvé la vie, l'avait pour le moins éloignée du marasme dans lequel elle se trouvait depuis plusieurs mois. Chaque enquête la divertissait de sa quête personnelle, la reposait d'elle-même, lui donnait un temps de répit, le temps de guérir.

Le débordement émotionnel et le retour à elle-même pouvaient survenir à n'importe quel moment de sa lecture. Un père qui retrouvait son fils, une mère qui cherchait son enfant, ou un simple merci, un geste tendre de reconnaissance, ça pouvait être l'émotion de l'enquêteur devant tant d'horreur, devant son impuissance, sa fatigue. Ça pouvait être n'importe quoi. Elle ne le savait pas et ne se posait pas de questions. Sa gorge se serrait à l'étouffer. Elle s'arrêtait net au milieu d'une phrase et pleurait, pleurait, pleurait, sans trop savoir pour quoi ni pour qui. Sa main gauche reposait alors le gros livre sur sa poitrine en le gardant ouvert – elle lisait la plupart du temps allongée –, sa main droite à plat sur ses yeux, elle continuait à sangloter, puis sa main partait dans tous les sens pour s'essuyer les yeux, comme si elle enduisait son visage de crème et que la crème était de l'eau salée. Et, sans changer de position, sans s'apitoyer et se dire « pourquoi, mon Dieu, pourquoi », elle reprenait sa lecture, comme un buveur se jette sur son verre, comme un drogué fume ou se shoote, pour échapper un tant soit peu à l'intolérable.

Françoise Camirand

Procrastination, un mot qui se prononce mal, emprunté à l'anglais par Marcel Proust et mis à la mode par lui-même, la procrastination étant devenue l'un des thèmes principaux de sa *Recherche du temps perdu*... Tous les écrivains, essayistes, scénaristes, dramaturges, romanciers et scripteurs connaissent et pratiquent la procrastination, sauf Victor-Lévy Beaulieu, Nancy Huston, Stéphane Laporte, Ismail Kadaré, et... Françoise Camirand.

Elle ne remettait jamais à demain ce qu'elle pouvait faire aujourd'hui, bien au contraire, elle faisait aujourd'hui ce qui pouvait sans problème attendre à demain. Elle était du genre bête de somme, discipline de fer, et travaillait trois cents jours par année, cinq à six heures par jour et même plus, sans dételer. Les lectures autour du sujet de son ouvrage ne rentrent pas dans ce compte.

Mais depuis deux-trois jours, rien n'est plus comme avant rue Hutchison, du moins dans le bureau et dans la tête de Françoise Camirand. Peut-être avait-elle pris goût aux longues promenades dans le quartier... Telle une lionne en cage, elle rousinait et rouscaillait.

Elle s'assoit à sa table, un coup d'œil à son ordinateur, fait la grimace, se relève, prend un café pour remonter la pente, contemple ses plantes, les bichonne (à force, il n'y a plus aucune feuille jaunie à enlever), boit un thé pour les méninges, regarde dehors, se met de la musique, change de CD, éteint, puis revient jeter un œil à ses personnages. Et la tournée thé, café, plante, fenêtre recommence.

Elle ne se reconnaissait pas… Longtemps que ça ne lui était pas arrivé. Et plus dangereux encore, ses personnages lui semblaient étranges et étrangers. Comme si tout l'intérêt, la tendresse, l'amour pour eux s'étaient évanouis. D'un seul coup.

La procrastination était en train de virer au découragement et de la pire forme qui soit : elle perdait de vue l'importance de son travail. Elle ne savait plus pourquoi elle écrivait. Danger. À manipuler avec précaution ! Trop de mauvais souvenirs liés à cet abattement.

Elle s'est même disputée avec Jean-Hugues. Elle s'est emportée : « C'est TON désir, pas le mien ! Si tu as envie de publier une autobiographie, écris la tienne et laisse-moi tranquille ! » Il a réagi en claquant la porte. Des bébés lala ! La vérité : elle se défoulait sur lui, mécontente de son travail, elle cherchait la chicane. Elle se serait disputée avec l'épicier, le facteur, n'importe qui, mais c'est tombé sur lui. Il parlait pour parler, le pauvre homme, il ne voulait rien imposer, bien au contraire, il avait juste envie de discuter de *La détresse et l'enchan-*

tement de Gabrielle Roy qu'il était en train de relire et sa langue avait malencontreusement dérapé sur sa possible biographie à elle, sans plus. Mais le moment était mal choisi pour aborder le passé avec lequel elle se débattait depuis quelques jours…

Elle se sentait désemparée, pas tant à cause de la dispute avec Jean-Hugues – des claquages de porte, il y en avait eu beaucoup au cours des années –, mais de ce sentiment détestable qui l'oppressait. Sa jeunesse, avant qu'elle commence à écrire, lui revenait… Comme si les choses flottaient, que tout devenait étranger, que la vie n'avait plus de consistance ni de sens… Un état qu'elle redoutait pour l'avoir bien connu. C'était facile de glisser à nouveau dans l'autodestruction, qui était l'étape suivante… Ce n'est pas parce qu'elle avait changé de sorte d'excès qu'elle n'est plus excessive. Tout foutre en l'air, elle connaissait…

Après le départ de Jean-Hugues, elle continue à trépigner. Prendre une décision au plus sacrant, avant que ça dégénère ! Sortir de son donjon, ça presse ! Elle prend son sac et descend. La rue, les gens, la vie qui bouge en dehors d'elle, son remède pour remettre les choses en perspective, replacer sa tête, se donner un coup de pied au cul. La stagnation rime avec démon. Envoye, grouille ! Et sa chanson fétiche, celle de Gerry Boulet et Michel Rivard pour l'aider à empoigner la rampe de secours. Jeune, elle aurait pris un verre puis deux puis trois… mais ce temps-là est révolu.

Je suis de cette race
Qui veut laisser sa trace
En graffitis fébriles
Sur le béton des villes
Toujours vivant
Je suis celui qui r'garde en avant

Du bout des lèvres d'abord, sans grande conviction puis peu à peu, la marche et le rythme de la chanson l'emportent. Elle a l'air d'une vraie folle à chanter fort comme ça en pleine rue, mais c'est un risque bien petit à côté de celui qu'elle veut éviter… Elle marche jusqu'au parc Pratt, en fait le tour deux-trois fois. Sur le chemin du retour, elle fait un crochet par Fairmount et sonne chez Jean-Hugues.

Je suis celui qui « spinne »
Et qui reste debout
Je suis celui qui va jusqu'au bout

Jean-Hugues Briançon

Depuis son arrivée au Québec, les mots *niaiser*, *maganer*, *achaler*, *astiner*, *enfarger*, *rapailler*, *garrocher*, *baveux*, *bleuet*, *bobette*, *brassière*, *gougoune*, *moumoune*, *guidoune*, et tous les sacres typiquement québécois, donc religieux, les *bancs de neige*, la *sloche*, la *glace noire*, la *poudrerie*, et mille autres mots et expressions étaient venus enrichir son vocabulaire. Il apprenait vite et aimait la saveur distinctive de la langue québécoise. Il disait « tu m'aimes-tu ? » parce qu'il adorait la chanson de Richard Desjardins et trouvait que la répétition du « tu » rendait la demande plus précise et plus forte. Il savait reconnaître la qualité, l'inventivité, les niveaux de langue et les parlers régionaux. Avec le temps, son oreille s'était affinée et ses préférences se précisaient. Parmi ses nombreux projets : publier une plaquette de ses expressions et mots québécois préférés qu'il avait commencé à noter en arrivant au Québec en 1975, et même un peu avant quand il était tombé amoureux d'une belle Québécoise qu'il avait suivie. Il n'était pas du genre suiveux, mais l'amour n'est-il pas une bonne raison pour changer son fusil d'épaule ?

Jean-Hugues Briançon débarqua à Montréal la veille de la Saint-Jean-Baptiste, accompagné de

Louise Lavallée, une doctorante en littérature française. C'était la folie, c'était la fête, Montréal lui plut tout de suite. C'étaient des années d'effervescence au Québec et les artistes étaient en feu. Et il adorait les artistes.

Même si les amours de Jean-Hugues tournèrent vite au vinaigre, que Louise voulait retourner en France dans les plus brefs délais parce que madame ne supportait plus les Québécois, trop ploucs à son goût, Jean-Hugues, lui, prit la décision de vivre ici. Il aimait les Québécois qu'il trouvait combatifs, des siècles de résistance pour ne pas se laisser engloutir par la majorité, pour préserver leur langue et leur culture. Ce combat, il l'endossa tout de suite et de tout cœur.

Il rentra en France pour faire sa demande d'immigration, revoir ses parents et finir ce qu'il avait à finir.

Il avait vingt-cinq ans, il était prêt à tout et la vie au Québec lui convenait parfaitement, le froid et les hivers interminables y compris. Ici, il pouvait être ce qu'il voulait être, faire ce qu'il voulait faire et devenir ce qu'il voulait devenir. Ce sentiment de liberté qui l'avait poussé à immigrer était en fait une sensation de détente. Ses épaules se relâchaient et reprenaient leur place initiale, ses fesses se desserraient, sa créativité bouillonnait.

Même s'il retournait en Europe assez souvent pour son travail ou à Quimper en Bretagne pour revoir sa famille, il était heureux de revenir, chez lui, rue Hutchison.

La ritournelle du « maudit Français » tant de fois entendue, surtout au début, ne lui faisait plus ni chaud ni froid et même que, parfois, il le clamait pour rire de lui-même ou de certains Français, ou pour clouer le bec à un interlocuteur qu'il n'aimait pas et lui retirer le plaisir de se défouler à ses dépens. Il avait appris par expérience que le ton était plus insultant que le mot lui-même. Si un quelconque imbécile lui disait « maudit Français, retourne donc chez vous », il choisissait entre deux réponses, selon son humeur ou l'intonation de celui qui venait de parler. Ça pouvait être : « va chier espèce d'enflure, connard de mes deux » ou bien un peu plus poliment : « moi, j'ai choisi de vivre ici alors que je pouvais vivre partout ailleurs. Moi, je vis ici par choix et par amour, est-ce que tu pourrais en dire autant, vieux con ? » Et l'autre de répondre fièrement : « Bien moi, je suis né ici. » Et Jean-Hugues Briançon répliquait, avec son plus beau sourire : « Tu es né ici, la belle affaire ! On naît tous quelque part, mais très peu de gens choisissent leur pays par amour. Tu n'as pas choisi ton pays, moi oui. Alors, fais pas chier et casse-toi ! »

Lors de la victoire inattendue du Parti Québécois en novembre 1976, il était aussi heureux qu'un indépendantiste « pure laine » qui avait enduré le froid depuis des générations, donc plus longtemps que lui. La loi 101 qui avait suivi, il la trouvait importante, essentielle, le Québec avait besoin d'inclure et d'intégrer ses immigrants pour devenir un pays. Peu à peu, le cliché « ils viennent nous voler nos jobs » disparaissait de la pensée populaire et était remplacé par « au moins, qu'ils parlent notre langue s'ils veulent rester ici ». Pour

Jean-Hugues, c'était la moindre des choses que de parler la langue du pays où l'on veut vivre. Il ne comprenait pas comment on pouvait habiter un pays sans avoir la curiosité de sa culture et de sa langue, de son histoire et de ses projets.

En arrivant, il fit quarante métiers, laissa tomber son doctorat en linguistique et prit quelques cours en littérature québécoise. Il gardait le moral et savait qu'il trouverait ce qu'il était venu chercher ici sans le savoir. Un jour, il trouverait, ça, il le savait. Et ce jour arriva quand il rencontra Jean-Marc Gagnon, un jeune fou avec autant d'ambition que lui, aussi amoureux que lui de la littérature et des livres. Ils fondèrent leur propre maison d'édition. Années de vaches maigres, accentuées par le départ de Jean-Marc qui, après 18 mois, n'en pouvait plus de ramer. Jean-Hugues tint bon, travaillant comme serveur Aux Gâteries, café sympa à deux pas de la librairie du Square, encore plus sympa à cause des livres et de la propriétaire. Il tint le cap jusqu'au jour où il tomba sur un manuscrit pour lequel il eut un réel enthousiasme. Il reconnut une voix, une écriture, une vision du monde, et fut transporté. Ce jour-là, il avait sauté sur son téléphone avant même la fin de sa lecture en espérant que les droits étaient encore libres.

Ils étaient libres, et la romancière l'était aussi. Il prit rendez-vous pour le jour même.

Ce jour-là fut le plus beau de sa vie. Il vit entrer une jeune femme aux longs cheveux châtain clair aussi beaux que ses yeux brillants. Elle portait une jupe longue couleur mauve et un débardeur vert pomme. C'était l'été et ses bras étaient légèrement bronzés. Le coup de cœur pour ce livre se transforma en coup de foudre pour la jeune auteure. Trente ans après, il se souvenait encore des couleurs contrastées de ses vêtements, du mouvement de ses mains dans ses cheveux et de son rire. Elle était aussi excitée que lui. Peut-être pas pour les mêmes raisons, mais toujours est-il que le courant passa entre eux. Il venait de lire son roman et il lui semblait la connaître déjà. Trente ans plus tard, il y avait toujours quelque chose en elle à découvrir.

La vie de Jean-Hugues Briançon changea du tout au tout. Non seulement il avait rencontré la femme de sa vie, mais aussi la romancière dont il aimait passionnément l'écriture et qui allait rendre sa petite maison d'édition viable. Le roman se vendait à une vitesse folle et en quantités inespérées. C'était le branle-bas de combat dans l'appartement faisant office de maison d'édition où Jean-Hugues assumait toutes les fonctions, de directeur à réceptionniste, en passant par livreur en bus, métro ou taxi, n'ayant pas encore d'auto ni de distributeur. Les interviews se succédèrent, les réimpressions aussi. Non seulement la caissette de fer-blanc se remplissait pour la première fois, mais plus important encore, son cœur palpitait d'amour! Il se mettait parfois à danser tout seul dans son appartement en slalomant entre les boîtes de livres. Il fumigeait son logis à la sauge en faisant des incantations à la manière des Amérindiens pour que son amour dure toute la vie.

Il ne savait pas encore comment gérer le succès, mais il apprenait vite. Il devait tout apprendre. La seule chose qui, sans conteste, était déjà en lui, c'était son amour des livres et de ceux qui les écrivaient. La vie lui avait donné sa chance. Sa créativité pour faire fructifier cette mine d'or était en effervescence. JHB éditeur devint une maison respectée et florissante. JHB travaillait très fort pour que la littérature québécoise soit lue ici et rayonne à l'étranger, et pour qu'elle soit traduite. Que d'efforts et de décalages horaires pour qu'elle le soit ! Son amour des livres et des écrivains n'avait d'égal que son sens des affaires. Il avait du charme, de l'humour, et il savait convaincre. Le « maudit Français » avait trouvé sa voie.

Depuis qu'il avait quitté son lieu d'origine, il n'avait plus bougé, plus jamais déménagé de la rue Hutchison. Comme si un seul grand saut, même voulu, même choisi, pouvait déstabiliser suffisamment pour que le reste de la vie serve à retrouver l'équilibre, à s'ancrer. Et quoi de mieux pour s'ancrer qu'une femme qu'on aime et qui nous aime et un travail passionnant. Il se sentait privilégié, reconnaissant et humble devant tout ce que la vie lui avait donné.

Il habitait au nord de Fairmount, à deux pas de La Croissanterie (qui a changé de nom plusieurs fois, mais qui pour lui était restée La Croissanterie, le premier café du coin qui faisait de bons expressos) et son amoureuse, entre Bernard et Saint-Viateur. Même s'ils étaient ensemble depuis une trentaine d'années, ils n'avaient jamais habité sous le même toit, ils ne s'étaient pas mariés et n'avaient pas eu d'enfants. Ils se voyaient plusieurs fois par semaine, pour les affaires, chez lui ou dans les bureaux de sa maison d'édition, pour le plaisir, la plupart du temps chez elle. Il aimait son appartement rempli de plantes vertes et de fleurs. Et les parcs d'Outremont à proximité. Il aimait marcher avec elle à ses côtés, traverser tous les parcs et même monter jusqu'au cimetière Mont-Royal et déboucher sur la montagne. Ils soupaient souvent ensemble, recevaient parfois des amis, allaient voir un film, une pièce de théâtre, ou lisaient, chacun calé dans son fauteuil.

Son rôle de directeur littéraire, c'est ce qu'il préférait dans son métier d'éditeur, même s'il en aimait tous les aspects. Depuis trente ans, il avait affiné son écoute, précisé ses questions et amélioré sa lecture des textes.

Lire les romans d'auteurs inconnus – à qui il répondait sans tarder, avec des remerciements, des encouragements et ses notes de lecture – c'était pour lui une partie importante de son travail, un devoir, parfois un plaisir, parfois la joie de la découverte d'un nouvel auteur.

Lire le tout dernier texte d'un auteur qu'il aimait, quand il savait que ce texte allait devenir un livre dans une des collections de sa maison, était une réelle jouissance en même temps qu'une expérience délicate – et s'il fallait que le texte soit mauvais, s'il fallait qu'il y ait de grosses lacunes, comment le dire sans heurter l'écrivain ? Ce plaisir chaque fois renouvelé de découvrir un roman tout chaud commençait par un frétillement dans sa nuque qui montait jusqu'au sommet de la tête.

Après avoir débranché le téléphone, il attaquait sa lecture. Toutes ses facultés se mettaient en branle et se décuplaient. Il devenait un résonateur qui capte les ondes, les ambiances. Il lisait goulûment sans jamais prendre de notes à la première lecture. Mémoire faramineuse, il pouvait parler des heures d'un roman qu'il avait aimé.

Il alla se chercher un whisky, le huma, prit sa pile de nouveaux manuscrits d'auteurs inconnus et sortit sur son petit balcon. Il faisait beau. Il se mit à rêvasser. Lui revint le sourire de Françoise, son air espiègle : « Tu pourrais devenir un personnage de mon roman, tu habites la rue Hutchison, toi aussi ! Les lecteurs adorent les histoires vraies, c'est ce que tu as dit, non ? » Il avait répondu : « Ma p'tite vlimeuse, que je te voie donc parler de moi dans ton roman ! N'oublie pas que je suis l'éditeur ! J'ai le droit de vie ou de mort sur un texte. » Elle l'avait embrassé après lui avoir pincé le bras, pinçage de bras en guise de caresse, elle tout craché depuis toujours : « Mais tu n'es pas le seul éditeur, mon ratoureux ! » Il lui avait effleuré la joue d'un baiser en lui chuchotant : « Je ne suis pas le seul éditeur, non, mais je suis celui qui t'aime d'amour. »

Il l'appelait souvent « ma p'tite vlimeuse » depuis qu'elle l'avait appelé « mon ratoureux » un jour qu'ils étaient en train de discuter de l'adaptation pour le cinéma de son deuxième roman en vue de signer le contrat. Quand il apprit ce que ratoureux voulait dire, longtemps après, il lui envoya un énorme bouquet de fleurs avec une carte: « À toi, ma vlimeuse de p'tite bonyenne. » Et il avait signé: « Ratoureusement et amoureusement vôtre! » Et c'était resté entre eux des mots doux.

Il n'arrivait pas à se concentrer. Il pensait à elle, aux personnages de sa rue. Il se demanda soudain comment elle le dépeindrait s'il devenait un personnage de son roman. Ça le fit sourire. Il était un peu gêné. Qu'est-ce qu'elle soulignerait, qu'est-ce qu'elle tairait, et surtout qu'est-ce qui, en lui, était une partie d'elle? Il l'avait souvent entendue parler de ce fil qui l'unissait à ses personnages, qui la reliait à chacun d'entre eux. Il avait toujours été émerveillé par l'écriture et ce n'était pas un hasard s'il était devenu éditeur et directeur littéraire. Il avait une admiration sans bornes pour les artistes. L'art en général et l'écriture en particulier avaient toujours été une énigme pour lui. Jamais personne n'avait éclairci ce mystère qui fait que quelques mots rassemblés forment un tout et nous transportent dans un autre monde. Un monde qui nous était étranger quelques heures auparavant. Il se demanda pourquoi il avait délaissé l'écriture. Il avait commencé plusieurs romans, n'en avait terminé aucun. Qu'est-ce qui fait que l'un devient écrivain, musicien, danseur, comédien, peintre, qu'est-ce qui fait que l'un poursuit sa route avec toutes les difficultés rencontrées, misère, pauvreté, manque de reconnaissance et de soutien, qu'est-ce qui fait que l'un passe à travers tout, persiste et signe, et que l'autre abandonne, devient éditeur ou restaurateur? Lui, Jean-Hugues Briançon, Français vivant au Québec depuis trente-trois ans, était-il un écrivain raté, comme on dit parfois à tort des critiques, ou tout simplement, son existence à lui ou son vide existentiel, sa faille – peu importe comment on appelle la chose – n'avait pas besoin d'être rempli de cette manière ?

Il pensa à sa vie depuis qu'il avait décidé d'ouvrir une maison d'édition, à son ami Jean-Marc qui n'avait pas tenu le coup, car sa passion des livres n'était pas assez grande. Voir un livre tout chaud qui venait de sortir de l'imprimerie n'était pas pour lui la plus belle chose au monde, ça ne le faisait pas frémir de joie. Et comment passer à travers toutes les difficultés si l'on ne trouve pas que c'est la plus belle chose au monde ? À bien y penser, il se dit que non, il n'était pas un écrivain raté, mais un éditeur passionné. Il était bien à sa place. Et quelle place ! Aux premières loges de la littérature !

Le journal de Hinda Rochel

Aujourd'hui, j'ai eu un beau gros compliment de Mme Genest. Elle m'a dit que j'étais sa meilleure élève. Pas juste la meilleure élève de la classe, mais de toutes ses classes depuis qu'elle enseigne. Et elle est pas mal vieille Mme Genest, ça doit faire beaucoup d'élèves. Elle a ajouté : « Tu es un petit génie Hinda Rochel. » Je ne savais pas ce que c'était un génie. Alors elle m'a dit : « Ma belle enfant, tu as beaucoup de talent. Génial, tu sais ce que ça veut dire ? » J'ai répondu oui. « Génie c'est un mot de la même famille. Tu regarderas dans ton dictionnaire. »

Je suis très contente et j'ai envie de répéter à quelqu'un les beaux mots de Mme Genest. Mais à qui ? Tout le monde s'en fout de ma vie. Une chance que j'ai mon journal à écrire et Bonheur d'occasion *à relire. Plus je lis, plus je l'aime ce roman-là. Si je ne l'avais pas trouvé sur le trottoir en revenant de l'école*

Ma mère m'appelle.

Jamais tranquille. JAMAIS.

Ron Kowalski

De la chambre d'hôtel trois étoiles à la chambre à deux sous, il n'y avait qu'un pas qu'il franchissait comme si de rien n'était. Dormir dans la rue ou dans un penthouse de luxe, ça lui arrivait à intervalles réguliers. Il passait d'un mode de vie à l'autre, quand il en avait assez de l'un ou de l'autre. Sans états d'âme ni apitoiement. Sans atermoiements et sans crainte.

Il ne craignait ni dieu ni diable. La seule chose qu'il redoutait, c'était sa propre violence.

Toute sa vie, il avait eu envie de *puncher*, casser, frapper, faire mal, tuer. Toute sa vie, il s'était retenu. Et il avait rayé de sa mémoire les moments où il n'avait pas réussi à se retenir. Même s'il sentait depuis toujours cette violence courir dans ses veines, il ne savait pas d'où elle lui venait, et n'était pas du genre à ressasser les mêmes questions.

À l'école, il s'était retenu. Il aurait pu tuer ses maîtresses d'école, mais il n'avait tué personne, à peine battu sept ou huit garçons de son âge. Il aurait pu les tuer, il les avait juste blessés. La dernière fois qu'il avait blessé un camarade de classe tout en se retenant de ne pas le tuer, on l'avait renvoyé définitivement de l'école. Quand son père l'avait appris, il l'avait battu en se retenant lui aussi de ne pas le tuer et l'avait mis à la porte. Sans appel. Ron Kowalski était content. Enfin libre. Plus de maîtresse, maître, directeur d'école, plus de père. Il allait vivre dans les bois. Il était heureux dans la forêt, loin des humains, avec les animaux sauvages pour compagnons. C'était pour lui le seul lieu où Dieu n'était pas loin. Ce Dieu d'avant le verbe, ce Dieu arbre, oiseau, herbe, eau, soleil et lune, il ne le craignait pas, il l'aimait. Mais comment gagner un peu d'argent dans les bois ?

Il sortait alors de la forêt. Et la bataille recommençait. Le combat avec lui-même. Une boule de rage pure se formait souvent dans son ventre.

Toujours en état d'alerte, prêt à sauter au visage de celui qui était devant lui. Toujours le poing serré, sa main droite prête à cogner et sa main gauche s'enroulant autour pour l'en empêcher.

Si les dieux de la forêt pouvaient enrayer sa rage, l'action l'en éloignait un peu. Se mouvoir, déplacer de l'air, vendre, acheter, inventer, importer, trouver des occasions, mettre sur pied des patentes à gosse qui rapportent de l'argent, il en avait le talent. Surtout parce qu'il n'avait peur de rien et qu'il avait du front tout le tour de la tête, ça marchait. La seule phrase complète qu'il répétait souvent : « Tant qu'on fait quelque chose, tout peut arriver. » Et tout advenait comme par magie. L'argent faisait des petits.

Mais tenir, faire progresser, rester là, ce n'était pas pour lui. Quand ça marchait et que tout allait pour le mieux, il se mettait à en avoir assez. Il prenait ses cliques et ses claques et partait, non sans avoir détruit tout ce qu'il avait construit. Que ce soit un restaurant au Mexique, une compagnie de nettoyage de vitres au centre-ville de Montréal, d'import-export dans Parc-Extension ou un salon de massage, *you name it.*

Arrivé au bord de l'explosion, psychique et physique, il dilapidait l'argent qui semblait lui brûler les mains. Il le jetait littéralement par les fenêtres. Mille ou dix mille dollars en petites coupures virevoltaient pour se retrouver sur le trottoir, et lui était aussi content qu'un enfant en train de faire voler un cerf-volant.

Il s'engouffrait alors dans la forêt ou dans une chambre à deux sous.

Son besoin de détruire n'avait d'équivalent que sa capacité de se lancer dans des affaires abracadabrantes qui finissaient toujours par rapporter gros. Et aussitôt que les affaires étaient florissantes, il se mettait en frais de tout envoyer promener, tout saccager, tout mettre en pièces pour le plaisir, juste pour le plaisir. On aurait dit qu'il aimait construire pour mieux détruire.

Il ne tenait à rien ni à personne. Peu lui importait la vie. Mourir ou vivre, c'était égal.

Il savait très bien que s'il ne se contrôlait pas, il pouvait se retrouver en prison. Le contrôle acharné de sa violence provenait de cette peur absolue: l'emprisonnement. Le seul état qu'il abhorrait, le seul lieu qu'il exécrait pour y avoir goûté pendant quatorze jours et treize nuits. Il aimait trop l'action, l'indépendance, la liberté, la forêt, et avait en horreur la promiscuité. Se retrouver confiné était pire que la mort, surtout s'il ne l'avait pas choisi.

Il aimait rester seul. Pendant des heures et des jours parfois. Seul, il n'avait pas à faire d'effort pour ne pas frapper, casser, détruire. Même seul, il lui arrivait de donner un coup de poing sur le mur, très fort. Ses jointures saignaient. Il ne détestait pas voir le sang, sentir sa peau le brûler. Au moins, c'était la sienne, il ne faisait de mal à personne, dans ce sous-sol de la rue Hutchison, où il habitait depuis peu.

Il pouvait mettre en pièces son appartement luxueux tout autant que sa chambre minable, puis tout remettre à neuf, ou payer et déménager. De très rares fois, il était parti sans payer. Quand ça arrivait, quelques mois ou quelques années plus tard, le propriétaire recevait un chèque. Sans lettre explicative, sans un mot d'excuse. Les mots, qu'ils soient écrits ou dits, n'étaient pas de son ressort. Sa manière d'être et de fonctionner se situait avant la parole.

À quarante ans passés, il avait vécu plusieurs vies. Des vies sans passé et sans avenir. Il n'avait pas encore trouvé sa gare, et ne la cherchait pas. Il avait toujours vécu de cette manière et ne savait même pas qu'il était possible de vivre autrement.

Il n'avait aucun lien profond avec qui que ce soit, aucune attache, aucune famille, aucune appartenance sociale, culturelle, patriotique, religieuse. Il parlait convenablement le français, l'anglais, l'espagnol et l'italien, sans privilégier aucune langue. Même Mister Higgins, le phonéticien, n'aurait pu détecter d'où il venait et où il avait vécu, tant son accent – ou ses accents – étaient vagues et indéchiffrables. Il avait changé son nom pour Kowalski parce qu'il détestait son père, et il ne voulait plus rien qui le lui rappelle. Il avait choisi Kowalski parce qu'il aimait Stanley Kowalski que Marlon Brando interprétait dans *A Streetcar Named Desire*. Il avait gardé son prénom Ronald, mais tous ceux qui le croisaient l'appelaient Ron. Il aimait bien, car l'un de ses films-cultes était *Run Lola Run* qu'il avait vu une dizaine de fois.

Aujourd'hui il est là, demain il sera ailleurs. Son seul point fixe était un petit entrepôt de quelques mètres qu'il avait loué et payé pour dix ans dans un coin perdu de Saint-Léonard.

Il ne savait pas *where he belonged*, comme dit si bien l'expression anglaise, mais il s'en foutait éperdument. Seul de son espèce, sans gang, même à l'adolescence. Il ne se conformait à rien. À rien d'autre qu'à ses propres règles et à ses propres lois. En cela, il se sentait supérieur à beaucoup d'individus qu'il rencontrait.

Face aux autres, il semblait suffisant, sûr de lui. Vis-à-vis de lui-même, il se sentait amoindri par sa rage et sa violence qu'il devait toujours tenir en laisse, retenir, maîtriser.

Il appartenait à sa rage : elle le tenait, il la retenait.

Son corps, sa tête, ses sentiments n'étaient jamais au repos, sauf dans la nature sauvage ou bien quand on lui racontait une histoire. Cet amour des histoires lui venait de sa petite enfance quand sa tante, la sœur de sa mère, entrait dans sa chambre avec chaque fois un nouveau livre. Elle lui montrait les images une par une en prenant tout le temps qu'il faut, puis lui disait de s'allonger et de fermer les yeux. Elle lui lisait alors l'histoire d'un bout à l'autre. Et il s'endormait heureux.

Quand lui prenait l'envie qu'on lui raconte une histoire, il allumait la télé. Très vite déçu, il l'éteignait et se précipitait au cinéma.

Françoise Camirand

Elle venait de boucler Ron Kowalski. Celui qu'elle avait surnommé « l'électron libre » l'était devenu, mais à ses dépens. Il se dérobait, se multipliait... Elle n'arrivait plus à le cerner. D'abord, il lui était apparu clairement, puis, en cours d'écriture, des personnes qu'elle avait connues dans le passé se superposaient à lui et brouillaient la piste qu'elle avait empruntée.

Des Ron Kowalski, il y en avait de plus en plus à Montréal et partout dans le monde. Des jeunes, des vieux. Des sans-patrie, ici et partout, nés en Pologne, en Italie, en Israël, ou à Montréal, Saint-Léonard ou Baie-Comeau, peu importe, ces gens-là sont de nulle part.

Un personnage peut être composite, mais comment l'unifier, lui, insaisissable par essence ?

Elle l'avait vu plusieurs fois à des années d'intervalle, et ne l'avait pas oublié, mais qui pourrait l'oublier ? Puis dernièrement, deux fois dans la rue Hutchison et une fois à l'épicerie du coin. Il n'avait presque pas vieilli, il avait belle allure et un certain charisme. Sac en cuir de qualité à l'épaule, bien habillé, il portait beau, et ne tenait pas en place. Il transférait son poids d'un pied à l'autre, prêt à partir vers la droite ou vers la gauche ou droit devant, peu importe, mais toujours prêt à bondir.

Ron Kowalski est ce genre de personne qui dans la vie est déjà un personnage de fiction. Quand il entre quelque part, on le remarque. Le geste ample, le sourire en coin. Il passe d'une langue à l'autre sans hésiter et sans accent qui pourrait nous indiquer d'où il vient. Debout, il est à l'affût, assis, c'est toujours de guingois, s'il sourit, c'est pour nous faire tomber sous son charme. Les seuls moments où l'on voit l'enfant qu'il a été, c'est quand il rit.

Françoise l'avait vu éclater de rire à l'épicerie quand les oranges se sont mises à débouler du présentoir. Personne n'arrivait à les maintenir en place, même pas lui. Il a ri comme s'il roucoulait en levant les bras au ciel, et c'est à ce moment-là qu'elle avait su qu'il serait un personnage de son roman.

Ce qui l'avait enchantée tout autant que son sourire fut le lien immédiat que Ron Kowalski établit avec Jeannot Paterson, le manœuvre-balai qui travaillait à l'épicerie. Tout à trac, le dialogue s'engagea entre eux. Ce qui était pour le moins surprenant, c'est que Jeannot Paterson se mit à parler autrement qu'avec des sons indistincts comme à son habitude. Il parlait. Il passait de l'anglais au français tout comme Ron. C'était bien la première fois que Françoise entendait la voix de l'employé, et elle se dit que Ron Kowalski devait être un magicien en plus d'être un électron libre.

Jeannot Paterson

Sa vie ne rimait à rien. Pour ceux qui le confondaient avec les comptoirs de l'épicerie où il travaillait, sa vie ne rimait à rien.

Il aurait pu naître Gémeaux, Bélier, Balance ou Capricorne, il était né sous le signe de la Peur. Dès sa petite enfance – et peut-être même dans l'utérus de sa mère – entre un père bière à la main et une mère désemparée et paniquée, il avait attrapé la peur comme un enfant attrape un rhume, une grippe ou la rougeole, sans jamais en guérir. La peur ne l'avait jamais quitté, jamais laissé tranquille, elle lui avait collé à la peau, avait grugé son ventre, avait fait trembler chacun de ses membres, avait marqué ses traits. Son visage avait vieilli, s'était flétri, et jamais il ne s'était détendu. Jamais il n'avait semblé tranquille et confiant, sauf peut-être quand la porte de l'épicerie était barrée à double tour et qu'il avait tout son temps pour bien laver le plancher avec la large vadrouille pleine d'eau savonneuse.

Sa vie ne comptait pour personne, mais c'était sa vie et il l'aimait. Il s'y était habitué. La peur, il en faisait son affaire, il avait appris à vivre avec, et n'aurait pas pu vivre sans, elle faisait partie intégrante de sa personnalité.

Il s'appelait Jean Paterson, officiellement, sur sa carte d'assurance-maladie qu'il portait toujours sur lui, juste à côté de la photo de sa mère morte depuis plusieurs années. Quand il était petit, sa mère l'appelait Jeannot. Son père, les rares fois où il s'adressait à lui, l'appelait John. À l'épicerie, c'était Johnny. Quand il se parlait à lui-même pour adoucir sa peur, il disait: « T'es capable, mon Jeannot, tu vas voir que t'es capable ». Quand il était fâché contre lui-même, qu'il n'en pouvait plus de sa peur qui le paralysait, il répétait: « *Come on, John, come on, John.* » Ça l'aidait. Ça l'aidait à traverser la rue et les difficultés. Ça l'aidait quand il devait courir chercher ce qu'on lui demandait d'apporter de la cave ou du fond d'un comptoir, « non, pas le comptoir de droite, Johnny, à gauche, *your left hand, Johnny, left, your left hand*, devant toi, en bas, oui, en bas à gauche ».

« T'es capable, mon Jeannot, tu vas voir que t'es capable. » Ça l'aidait à répondre quand un client s'apercevait de sa présence et lui disait bonjour. Il répondait avec un sourire qui semblait sortir d'une vieille boîte à surprise. Le sourire éblouissant d'un enfant devenu vieux par accident, une tache de soleil qui n'avait rien à voir avec tout le reste. Qui avait vu son sourire une fois, ne l'oublierait jamais.

Des sourires et des bonjours, il n'en recevait pas souvent. Ça ne le dérangeait pas, au contraire, il aimait mieux qu'on ne le remarque pas, qu'on l'oublie. « Bonjour », « *hello* », « allô », « *hi* » avec un accent non repérable, un accent qui venait de nulle part, tout comme son visage et son corps, qui s'excusaient d'exister.

Comment Jeannot s'était-il retrouvé rue Hutchison quand c'était à Verdun qu'il était né, qu'il avait grandi et qu'il avait peur tout plein ? Grâce à son ami Paul, son seul ami. C'était Paul qui l'avait amené à Outremont en lui tenant la main, façon de parler. Bus, puis métro, et encore un autre bus, pas commode de tout se rappeler. Son ami Paul avait un voisin, Jorge Mihelakis, qui avait un oncle qui avait une épicerie au coin de Bernard et Hutchison, et cet oncle avait besoin d'un *helper*. Quelqu'un qui pourrait nettoyer au fur à mesure. Jeannot était la personne idéale pour ce travail. L'oncle de Jorge avait trouvé le *helper* rêvé, qui ne disait jamais un mot plus haut que l'autre, qui ne disait jamais un mot même s'il savait parler, qui faisait instantanément tout ce qu'on lui demandait sans rouspéter, sans rechigner, sans dire « mais je viens juste de le faire ! » M. Mihelakis ne voulait plus perdre son *helper* et voulait l'avoir à portée de main, tout près. Il lui avait donc trouvé une chambre à deux pas de l'épicerie.

À voir Jeannot, Jean, John, Johnny balayer ou laver avec soin les allées de l'épicerie, on n'aurait jamais pensé que Jeannot avait continuellement mal au ventre à force d'avoir peur. C'est que Jeannot n'avait aucune peur pendant qu'il faisait des gestes répétitifs. Jour après jour, ces gestes étaient pour lui des caresses. La peur effrayante revenait quand M. Mihelakis criait « Johnny » de bord en bord de l'épicerie, qu'il était pressé et qu'il fallait faire vite. Johnny courait « *come on, John, come on, John* », mais il avait peur, si peur. Son cœur battait, son ventre lui faisait mal. Et pourtant, M. Mihelakis ne l'avait jamais battu. Jamais.

M. Mihelakis était très gentil avec lui. Johnny pouvait manger tout ce qu'il voulait dans l'épicerie et boire à volonté, sauf la bière et le vin. Il pouvait même aller fumer dehors. Hiver comme été, ces moments où il fumait seul dehors le rendaient pleinement heureux. Une cigarette, c'est si vite grillé ! Il n'avait droit qu'à une cigarette à la fois, le boss avait été très clair là-dessus. Pas d'heure pour dîner ou souper, ni même de demi-heure, Johnny pouvait manger n'importe quand. M. Mihelakis non plus n'avait pas d'heure de repas. Chacun mangeait quand il avait faim, quand il le pouvait, profitant d'un moment tranquille, et comme tous les petits marchands vous le diront, c'est au moment où l'on mange sa première bouchée qu'un quidam rentre vous déranger, c'est connu. M. Mihelakis et Johnny le savaient mieux que personne et ils ne s'en plaignaient jamais.

Plusieurs fois par jour, Johnny allait chercher deux grands gobelets de café, un pour lui et un pour M. Mihelakis, au restaurant Buy More, juste en face. Depuis que Buy More avait fermé boutique, M. Mihelakis avait acheté une cafetière électrique, Johnny s'occupait de faire du bon café, et M. Mihelakis était content. Johnny aimait le bon café et aimait quand M. Mihelakis était content. Souvent, il allait fumer une cigarette avec un café à la main. À ce moment-là, même s'il faisait froid, parka ouvert et fale à l'air, il se sentait comme un roi dans son royaume à ciel ouvert.

Vers neuf heures, M. Mihelakis verrouillait la porte, faisait la caisse. Enveloppe en poche, il allait déposer l'argent dans le dépôt de nuit de la Banque TD juste de l'autre côté de la rue. Johnny avait alors l'épicerie à lui tout seul. M. Mihelakis avait confiance en lui et Johnny était fier. Il pouvait prendre tout le temps qu'il voulait pour nettoyer, tout ranger, et puis boire un petit jus de pomme sans que personne ne vienne le déranger, et même se croquer une tablette de chocolat ou vider un sac de chips s'il en avait envie, et puis éteindre les lumières, barrer la porte, vérifier si elle était bien barrée, et marcher tranquillement vers sa chambre au sous-sol d'une belle maison rue Hutchison, à deux minutes de l'épicerie, dormir un peu, et se réveiller pour recommencer une autre belle journée.

Son seul rêve : s'habituer à ses tâches pour ne plus jamais faire de gaffes. Il en faisait de moins en moins, mais il était trop malheureux quand ça arrivait. Jeannot aimait son travail. Johnny aimait M. Mihelakis et M. Mihelakis l'aimait. Jeannot Paterson ne voulait pour rien au monde qu'on le renvoie à Verdun chez son père.

Le journal de Hinda Rochel

Ouf! j'ai le temps d'écrire. L'autre jour une femme presque aussi vieille que Mme Genest est venue me parler. Je l'ai vue souvent. Elle habite juste en face de chez nous. Elle m'a arrêtée dans la rue et m'a parlé en français. Moi, j'écris et je lis le français, mais quand il faut parler, je suis très gênée, alors je bégaye un peu. Pas souvent l'occasion de parler. Avec Mme Genest à l'école, oui. Avec mes amies, on parle l'anglais ou le yiddish, surtout l'anglais quand on est entre nous. La femme avait une feuille à la main avec des colonnes pleines de noms et prénoms juifs. Elle m'a demandé si ces noms étaient hassidiques. J'étais surprise. C'est la première fois que quelqu'un m'arrête dans la rue pour me poser une question. Les gens savent qui nous sommes et ne nous dérangent pas. Ils évitent de nous regarder, ils passent à côté de nous comme si nous n'existions pas. Sauf quelquefois. J'ai vu des yeux méchants pas souvent. Des fois, ils nous regardent comme si on faisait pitié. Je vois des personnes se parler en marchant vers nous, ils nous regardent de loin, et je sais qu'ils parlent de nous, et dans leur visage, je vois qu'ils se demandent comment on fait pour vivre comme ça, surtout l'été quand il fait très chaud et que pour nous ça ne change rien, qu'il fasse chaud. C'est exactement comme moi quand je me demande, quand je vois mes voisins, comment ils font pour marcher dans la rue en montrant leurs jambes, leurs cuisses, leurs poitrines comme s'ils étaient au mikveh *avec personne autour.*

J'écris, j'écris et j'ai oublié que je voulais parler de la dame. Je suis contente aujourd'hui. Je suis toute seule à la maison et j'ai le temps d'écrire autant que je veux. Je suis malade c'est pour ça. Toute la famille est partie faire shabbat chez ma grand-mère. « Repose-toi », *a dit ma mère. C'est parce que c'est shabbat qu'elle a dit ça, pas parce que je suis malade. On doit se reposer à shabbat. Je ne sais pas si écrire c'est défendu. Ma mère l'a jamais dit. Alors j'en profite. Pour moi écrire c'est me reposer.*

Je l'ai vue souvent cette femme-là. L'été, elle s'habille toujours en blanc. Et l'hiver en noir. Je l'ai déjà vue sourire aux petits enfants de notre communauté, mais pas aux filles de mon âge ni aux adultes. Avant de me parler, elle m'a souri. J'étais à deux pas de ma maison. Je l'ai vue traverser la rue et venir vers moi. Son sourire m'a trop surprise. Je n'ai pas souri. Mais quand j'ai vu tous les noms juifs sur la feuille, j'ai souri. Trois colonnes à l'ordinateur. Une colonne pour les prénoms masculins, une pour les prénoms féminins, une pour les noms de famille. Elle avait un stylo à la main et me l'a tendu pour que je coche les noms hassidiques. J'ai coché tous les noms que je connaissais à commencer par mes frères, sœurs, cousins et cousines et les noms de mes amies. Dans les colonnes il n'y avait pas mon nom mais je ne lui ai pas dit. Elle m'a dit merci et a pointé son doigt vers ma maison. « Tu habites là, n'est-ce pas ? » J'ai répondu oui. Elle m'a saluée de la main et elle allait traverser la rue quand je lui ai demandé : « Est-ce que vous aimez Gabrielle Roy ? » Je ne sais pas pourquoi j'ai fait ça, ma langue a parlé toute seule. Elle s'est tournée vers moi avec un visage souriant et surpris. « Bien sûr, et toi ? Tu connais Gabrielle Roy » ? J'ai répondu : « Oui et je l'aime beaucoup. » Son visage était si souriant comme si elle ne croyait pas ce qu'elle entendait. « Et qu'est-ce que tu as lu ? » J'ai dit : « Bonheur d'occasion, *c'est le seul livre que j'ai lu. » « Et tu l'as aimé ? » « Je l'ai lu 13 fois. » J'ai ajouté une lecture de plus sans faire attention. Ma mère me dit tout le temps que je dois faire attention. Mentir ça fait partie des 613* mitzvot. *Et beaucoup de choses aussi mais c'est trop long à écrire. Que j'exagère, ça, elle le dit souvent, et exagérer c'est proche de mentir et c'est mauvais. Pour ma mère, tout est mauvais.*

La femme était déjà rendue de l'autre côté de la rue et elle allait monter l'escalier de chez elle quand je l'ai vue se retourner et revenir vers moi. Elle a attendu que les autos passent puis elle a traversé. Elle m'a demandé : « Et toi, ton nom, est-ce qu'il est sur ma liste, comment tu t'appelles ? » J'ai dit : « Non. Moi je m'appelle Hinda Rochel. » Elle m'a dit : « Hinda, c'est un joli prénom. » J'ai dit : « Non, Hinda Rochel, c'est moi. Mon nom de famille est Hertog. » « Tu as un double prénom, c'est rare non?» « Oui, c'est *rare», j'ai répondu. Elle a souri et elle a dit:* « mazel tov. » *Elle m'a fait un signe de la main et elle a traversé la rue. Je suis restée avec le* mazel tov. Mazel tov *on dit ça pour un mariage, une naissance, quand on achète une nouvelle maison ou une auto, mais pas pour un nom, même double. Pour elle, c'était peut-être une grande occasion de parler à une petite hassid. Pour moi aussi. À part mes maîtresses de français, je n'ai jamais dit mon nom à personne. À un étranger, je veux dire. Personne ne m'a jamais demandé.*

Albert Dupras

Quand il ouvrit les yeux en ce matin de mai, on parlait de lui à la radio. N'importe qui d'autre aurait été saisi d'un frisson d'effroi en entendant son nom suivi des mots menteur, méchant, pitbull, méprisable, mesquin, trou du cul, monstrueux, face de rat. Un seul de ces qualificatifs aurait suffi à mettre à l'envers n'importe qui. Mais pas lui. Ce n'était pas la première fois que ça arrivait, et il s'y était préparé depuis longtemps. Même ensommeillé, il souriait. Si l'on disait du mal de lui, c'est qu'il avait bien fait son travail. Et pour lui, deux choses comptaient : bien faire son travail et que l'on parle de lui. Plus il était haï, plus il était connu, plus il était connu et plus il s'en permettait. Il avait gagné son pari.

Chaque fois qu'on prononçait son nom dans les médias, dans les salons, dans les coulisses, il prenait sa revanche sur son enfance gâchée, sur sa jeunesse pourrie.

Jeune, il était le plus laid, le plus petit, le plus gros. Le plus seul. Il était aussi le plus courageux. Combien de fois s'était-il retrouvé sans manteau, sans chaussures, le nez en sang, combien de fois s'était-il fait humilier, mépriser, ridiculiser, ostraciser, tasser avec dédain comme on aurait fait d'une crotte de chien ? Qu'est-ce qu'il avait hâte d'avoir dix-huit ans et de s'enfuir de ce bled minable où il se sentait si seul, seul de son espèce. Avec toute l'adversité et la détresse qu'il vivait depuis le premier jour d'école – horreur de chaque instant dont il ne pouvait parler à personne –, le petit Albert n'avait jamais manqué une journée. Jamais. Même si sortir de la maison, marcher trois rues, et rentrer dans la classe en frôlant les murs, c'était traverser un lac glacé à la nage, cent quatre-vingts jours par année, pendant onze ans. Jamais une absence. Son courage était plus grand que lui, c'est certain, et son intelligence aussi.

Il avait tout lu, et même qu'il pouvait planter, verbalement, n'importe quel fin finaud, professeurs compris, abasourdis devant tant de savoir dans tous les domaines, une vraie encyclopédie vivante. Ce qui n'empêchait pas ces brutes épaisses de le traiter de tapette pour les mêmes raisons.

Mais il savait qu'un jour, en plus de lui donner beaucoup de plaisir, ces longues heures passées seul à lire allaient lui servir. Oh que oui, ça allait lui servir ! Et ceux qui riaient aujourd'hui, qui l'humiliaient depuis l'enfance, « allaient manger leurs couilles dans pas très longtemps ».

« Vous allez voir, un jour, vous allez voir, mes tabarnaks… » Combien de fois avait-il marmonné ces phrases en lui-même, combien de fois les avait-il proférées à ceux qui le faisaient chier, riaient de lui, le regardaient avec condescendance ou moquerie. Parfois, le tabernacle était assorti d'hosties, de ciboires et de calices. Il avait pourtant un vocabulaire assez riche pour accoter Loco Locass, mais seuls les jurons religieux arrivaient à exprimer sa rage et à la calmer un tant soit peu quand il était face à ces abrutis qui l'humiliaient sans relâche.

Jeune, il ne parvenait pas encore à se délecter des injures. Il fallait d'abord qu'il réussisse ! Et il s'était juré qu'il réussirait. Qu'il triompherait, même !

Ce matin, en écoutant l'excité sans culture, Albert ne proférait aucun blasphème, il se régalait. Qu'on parle ou qu'on écrive contre lui, qu'on lui envoie des lettres d'insultes, des colis de merde, il frôlait la béatitude. Que cette harangue violente, ce défoulement sans classe, ce règlement de comptes sans panache ne se termine jamais ! De la musique à ses oreilles, Glenn Gould jouant des fugues de Bach… Il souriait, s'étirait, heureux.

On pouvait dire que rien n'était beau dans le visage d'Albert, sauf son sourire, que peu de monde avait vu. Son sourire, c'est peut-être la seule chose qu'il avait gardée de son enfance, avant l'école, quand sa mère le trouvait beau. Un sourire un tantinet coquin, un tantinet timide, un tantinet aimez-moi-je-suis-aimable-je-vous-le-jure. Sans ce sourire, on l'aurait qualifié de gnome. Il en avait l'aspect extérieur, mais du gnome, il avait surtout la perspicacité et la clairvoyance, qualités principales de ce petit génie difforme qui habite à l'intérieur de la Terre pour en préserver les trésors… ou les transformer à volonté en leur contraire.

Quand Albert Dupras avait commencé son métier de journaliste – avant que le succès lui monte à la tête –, tout le monde s'entendait pour reconnaître son intelligence et son immense culture. Il était l'un des rares critiques qui pouvaient faire une analyse lucide et fondée qui éclairait l'œuvre en la mettant en perspective. Que l'on soit d'accord ou pas, on s'inclinait, en plus d'admirer l'élégance de sa plume.

Mais pour être connu et pour qu'on parle de lui, il fallait aller un peu plus loin. Il était assez intelligent pour savoir que l'on confond souvent gentillesse et mièvrerie, que la gentillesse n'impose pas le respect, que les petites gens rampent devant ceux qu'ils craignent. C'était clair, pour réussir et briller, il fallait créer la controverse. Maintenant qu'il avait montré qu'il était bon, très bon, il fallait montrer qu'il était le meilleur, sans conteste, comparable aux critiques français qu'il adorait, qu'il lisait assidûment, auxquels il voulait ressembler. Il fallait donc commencer à brasser la baraque. Tourner les projecteurs vers lui.

Comme il avait le sens de la formule et qu'il écrivait bien, il pouvait assommer qui il voulait en une phrase ou deux. Mais ce qu'il fit était beaucoup plus subtil et plus payant pour que les gens se mettent à jaser. Il portait un artiste au pinacle, l'encensait de superlatifs dignes d'un dieu, et au spectacle suivant, d'un coup sec, le descendait du piédestal où lui-même l'avait placé. Sans aucun motif artistique. Et ça surprenait, faisait parler. « Sans doute qu'il a raison », disait-on.

« Ah oui, tu crois ? » « Bien voyons, il sait de quoi il parle, il est le meilleur ! »

Au début, il avait juste lancé l'hameçon, il ne savait pas que ça marcherait aussi bien. Quand il parlait du génie de l'un ou de l'autre, il le pensait vraiment, quand il lui tirait le tapis sous les pieds au spectacle suivant, il avait ses raisons. L'artiste en question ne lui avait peut-être pas souri, peut-être qu'il ne l'avait pas remercié. Ou était-ce tout simplement pour s'amuser ? Pour le plaisir de voir la panique dans les yeux de ceux qu'il croisait. Pour le pouvoir. Qu'il commençait à aimer, beaucoup, passionnément.

Il s'enhardit. Il se mit à attaquer la vie personnelle et intime des artistes. Avec des phrases bien tournées, à connotations sexuelles parfois. Oh, bien sûr, très doucement au début. Mais il vit que les résultats en valaient la peine. Son nom circulait. De plus en plus. Le bonheur…

Peu à peu, les deux choses qui comptaient le plus pour lui : bien faire son travail et que l'on parle de lui, s'inversèrent. Que l'on parle de lui devint, et de loin, le plus important. La célébrité n'était qu'à un pas !

« Un jour, vous allez voir, mes tabarnaks. » *La vengeance est un plat qui se mange froid*, dit-on, mais elle a aussi la manie insoupçonnée de creuser l'appétit à mesure… Il n'était jamais rassasié.

On le craignait, on le haïssait. N'empêche qu'on le lisait, on commentait ses papiers. Il était devenu LA référence depuis longtemps, maintenant il détenait le pouvoir. Le pouvoir ou plutôt le sentiment du pouvoir est une drogue dure tout autant que l'héroïne, qui, elle, est décriée socialement, alors que devant le pouvoir on s'incline. Une fois qu'on y goûte, difficile de s'en passer, surtout si la substance correspond à ce qu'on cherchait depuis longtemps. Faire la pluie et le beau temps procure un plaisir inouï. Voir les répercussions de ces quelques mots qu'on a écrits, c'est si excitant, si exaltant. Et surtout voir la peur dans les yeux des artistes, ah voir la peur, quelle jouissance !

Son pouvoir dans le milieu était tel que, même lui, ne pouvait imaginer la dévastation. Des artistes de grand talent défaits, abattus, pathétiques. Les critiques des autres journaux n'avaient plus aucune importance, on les lisait sans en tenir compte. Il n'y avait plus qu'un seul point de vue valable, parole d'évangile d'un seul évangéliste : Albert Dupras. Ses critiques – bonnes ou mauvaises – faisaient des ravages parce qu'on y croyait. Et lui aussi. Il s'était fait prendre lui aussi à son propre jeu.

Le jour où l'on ne voulut plus rien savoir de son pouvoir et qu'on lui défendit l'entrée d'une salle de spectacle, il avait gagné le gros lot. Inespéré ! On le bafouait dans l'exercice de ses fonctions, lui, le plus grand critique du Québec ! C'était lui, la victime, un rôle qu'il connaissait encore mieux que celui de bourreau, et il n'allait pas se laisser faire, oh que non ! vous allez voir mes tabarnaks de quel bois je me chauffe, vous n'avez encore rien vu ! Il payait son billet et entrait. Incognito. Du courage, il en avait à revendre depuis l'enfance, et l'adversité – pourvu qu'elle ne soit pas physique – le galvanisait.

A star was born... Invité à toutes les tribunes et à tous les *talk-shows*, Albert Dupras était devenu une vedette plus connue que beaucoup d'artistes qu'il éreintait ou portait aux nues – les antipodes, pour créer le scandale et l'indignation, maintenir l'intérêt et garder le monde sur le qui-vive.

C'était la gloire. Plus merveilleux encore que ce qu'il avait rêvé. Ses tortionnaires trous de cul de Jonquière ne lisaient pas les journaux, c'est sûr, mais ils le reconnaîtraient à la télévision, les calices ! Il avait hâte d'aller faire une visite à sa mère, ne serait-ce que pour voir leur sale gueule de crétins de demeurés d'incultes !

Il attend la fin de l'interview et se lève en chantonnant. Personne à ses côtés, ce matin-là. La veille, il est rentré seul. Depuis qu'il s'est fait tabasser et voler par un jeune voyou, il a peur. Autant il se délecte de la violence verbale, autant il a une peur panique de la violence physique. Ça le terrorise depuis ses six ans, renversé sur le trottoir glacé, deux bras le maintenant au sol, de la neige dans les yeux, dans les oreilles, dans le cou, plein de jambes autour de lui. Perte totale de contrôle devant la moindre manifestation agressive. Il se demande parfois comment il a fait pour traverser son enfance et son adolescence sans mourir. De peur.

Il prépare le café, boit deux tasses coup sur coup sans rien manger. Il se met le premier tee-shirt qu'il trouve sur le dossier d'une chaise, un bermuda beige qu'il n'a pas lavé depuis longtemps et se hâte d'aller chercher ses journaux au dépanneur du coin comme il le fait chaque jour.

Depuis deux ans qu'il habite rue Hutchison, il n'a rencontré personne qui le connaisse, sauf les actrices de l'autre bord de la rue, qu'il a cru bon d'épargner. Il descend rapidement l'escalier, tourne à gauche, aperçoit un homme appuyé sur le mur de la Banque TD à trois maisons de chez lui. Il le reconnaît. « Mon Dieu, il sait où j'habite, il attendait que je sorte. » L'homme lui sourit. Un sourire qui donne la chair de poule.

Il traverse vite pour ne pas avoir à passer devant lui, puis la rue Bernard, et file jusqu'à l'avenue du Parc. Les journaux sous le bras, au lieu de revenir sur ses pas et de rentrer chez lui, il prend l'avenue du Parc vers le sud, et marche rapidement, contourne le YMCA par la rue Saint-Viateur. Son cœur bat à exploser dans sa poitrine. Arrivé sur Hutchison, il ralentit le pas. L'homme est sûrement encore là.

Il avait pris un plaisir fou à l'assassiner en parlant de son joli minois, au lieu de son jeu d'acteur. Il avait écrit que le petit Boissonneau aurait mieux fait de se faire engager dans un cabaret pour femmes seules et dandiner son joli cul tant qu'il voulait parce que c'est tout ce qu'il savait faire, qu'il aurait ainsi évité d'écorcher Molière et les oreilles du public.

Avait-il exagéré ? Non. Cet acteur est mauvais. Lui, Albert Dupras, le sait mieux que personne. Lui, Albert Dupras, était le meilleur critique, et ce qu'il trouvait nul était forcément nul puisqu'il l'avait vu de ses yeux, pensé dans sa tête, écrit dans son journal.

« Peut-être que je me suis laissé emporter, peut-être que j'aurais pu l'exprimer autrement. Mais j'avais raison. Je sais que j'avais raison. Je suis payé pour ça. Avoir raison. »

De loin, il voit l'acteur dans la même position, dos au mur et jambe droite repliée sur sa jambe gauche. Il n'a pas bougé d'un centimètre. « Mon Dieu ! Mon Dieu ! Mon Dieu ! » Et il se met à trembler. D'un tremblement incontrôlable.

Pas une seconde, il n'a pensé qu'il pouvait passer par la ruelle et rentrer tranquillement chez lui par la porte arrière...

Xaroula et ses sœurs

Même avant la naissance de Xaroula, il y avait dans la famille Koutsoukis le clan des filles et le clan des garçons. L'aînée et la puînée formaient déjà un tandem solide lorsque les trois garçons étaient nés, à intervalles rapprochés. Quand Xaroula, la benjamine, naquit, ses deux grandes sœurs la prirent sous leur protection. Pas que les garçons étaient méchants avec elle, bien au contraire, mais c'était comme ça, les filles avec les filles, les garçons avec les garçons.

Avec les années, la relation entre filles et garçons était restée la même. Elles s'entendaient bien entre elles et eux s'entendaient bien entre eux. Pas de disputes entre les clans, pas d'affinités non plus. On aurait dit deux familles en une.

Frères et sœurs ne se voyaient pas souvent. Du temps où les parents étaient de ce monde, toute la famille se réunissait quelques fois par année, pour Noël et le jour de l'An, et surtout pour la fête de Pâques grecque orthodoxe. Depuis la mort du père, puis de la mère, la scission entre les deux clans était claire. Aux funérailles de leurs parents, les fils étaient venus, s'étaient comportés comme des cousins du troisième degré, n'avaient pas levé le petit doigt pour aider à l'organisation de la cérémonie et de la réception. De toute façon, les deux grandes sœurs ne les auraient pas laissé faire. Chaque membre de la famille reprenait son rôle assigné depuis toujours : l'aînée et la cadette se chargeaient de tout, la benjamine pleurait, et les garçons attendaient que ce soit fini en buvant, mangeant et en échangeant leurs cartes professionnelles. Étonnant, le nombre de gens qu'on ne voit qu'aux funérailles.

La maison à trois étages avait été achetée au début des années 1970 par le père, marchand prospère et travailleur infatigable jusqu'au jour où il était tombé à la renverse, son cœur fatigué s'étant arrêté de battre. La mère, elle, avait rendu l'âme depuis peu. La famille Koutsoukis habitait au rez-de-chaussée et les deux appartements du dessus étaient loués à des étrangers – ils appelaient étranger tout ce qui n'était pas grec. Les quatre plus jeunes étaient nés dans cette maison. Avec les années, tous étaient partis soit pour se marier, soit pour voyager, soit pour s'extirper de l'emprise familiale et vivre leur vie. Tous sauf Xaroula, la plus jeune.

Après le cégep, Xaroula ne voulait rien savoir des études universitaires, et travailler l'attirait encore moins. Elle n'avait pas d'amies ni de petit ami, ne sortait pas, n'allait jamais au cinéma ni ailleurs. Pour des raisons encore inconnues, elle n'avait aucun rêve de fiancé, d'enfants, ou de n'importe quoi d'autre. Elle avait gardé sa chambre d'écolière et les manières qui vont avec. Elle consentait à aller faire le marché une fois par semaine et une ou deux commissions à l'épicerie du coin, sans se faire prier. Pour le reste, elle passait ses journées dans la chaise rembourrée sur le balcon d'en avant pendant la belle saison, un casque d'écoute sur les oreilles, et dans sa chambre le reste de l'année, à écouter des chansons grecques.

La musique grecque était la seule et unique chose qui la faisait vibrer. Et pourtant, Xaroula n'était pas née en Grèce, n'y avait pas vécu, sauf trois semaines, à l'âge de vingt ans, quand son père lui avait offert un voyage là-bas, et qu'elle était revenue avec une valise remplie de musique, qu'elle écoutait depuis.

Sa mère n'était pas mécontente de la voir à ses côtés. Même si sa fille ne l'aidait pas beaucoup, elle se sentait moins seule après le départ des enfants et la mort de son mari. Ses sœurs, par contre, étaient abasourdies de la voir végéter et ne savaient plus quoi faire pour que Xaroula se grouille le popotin : « Si tu ne veux pas travailler ni étudier, trouve-toi au moins un mari ! » Son comportement sans ambition aucune n'avait rien de commun avec celui des autres membres de la famille qui, chacun à sa manière, avait fait son chemin dans la vie.

Quand la mère tomba malade, deux ans avant de mourir, Xaroula se tranforma complètement en jeune femme responsable et s'occupa très bien d'elle. Ses sœurs, délivrées d'un grand poids, ne lui reparlèrent plus de mari ni de travail...

À la mort de leur mère, la maison familiale, les trois immeubles à logements dans Parc-Extension, et l'argent accumulé par le paternel revenaient aux six enfants en parts égales. Les trois garçons se désistèrent de leur héritage en faveur de Xaroula, Dieu merci, ils avaient assez d'argent, et puis les immeubles que leur père avait achetés pour une bouchée de pain n'apportaient de toute façon que des emmerdements et aucun bénéfice, quant à la maison familiale, ils ont dit que Xaroula était bien là où elle était, et avec les revenus des loyers, elle allait pouvoir vivre décemment.

Cette entente faite en moins de cinq minutes convenait parfaitement au clan des filles.

Xaroula se retrouvait donc seule dans ce grand appartement. Sa mère ayant pris une place importante dans sa vie ces deux dernières années, elle était désemparée et pleurait toute la journée. Même la musique grecque qu'elle aimait tant, elle n'arrivait plus à l'écouter. Elle se sentait vieille, très vieille, plus de maman, plus de papa, toute sa vie lui revenait comme un enchaînement monochrome et monotone qui ne s'arrêterait qu'à sa mort.

L'aînée, Adhriani, vivait elle aussi une mauvaise passe. Elle avait vendu ses parts de la compagnie d'import-export qu'elle avait mise sur pied avec son mari. Elle venait de divorcer, et ses deux enfants, en âge de choisir, avaient préféré vivre avec leur père parce qu'ils trouvaient que leur mère voulait toujours tout contrôler. Adhriani ne se prenait pas pour un ange, elle se savait autoritaire, mais de là à recevoir ce coup de couteau de ses enfants qu'elle aimait tant, il y avait une marge. Son mari garda la maison à cause des enfants, et elle se retrouva dans un *nowhere to go* qui lui donnait le tournis et un sentiment étrange qu'elle n'avait jamais connus, même quand elle avait débarqué avec ses parents dans ce nouveau pays vers l'âge de six ans.

Eliana, la deuxième, n'allait guère mieux que l'aînée. Elle avait largué son amoureux qui ne voulait pas d'enfants alors que pour elle c'était maintenant ou jamais. Sa boutique au centre-ville roulait cahin-caha depuis quelques années, elle en avait marre du commerce de détail et voulait se réorienter, vendre, s'arrêter, souffler un peu et voir venir… Peut-être lancer quelque chose avec Adhriani, « une boîte, une agence, un restaurant, quelque chose de nouveau, bon Dieu ! » Peut-être revenir à la sculpture, sa passion de jeunesse « pourquoi pas, mieux vaut tard que jamais. »

C'est ainsi que peu de temps après la mort de leur mère, le clan des filles se trouvait à nouveau réuni dans la maison familiale.

En cette belle journée de mai, les trois sœurs sont assises sur le balcon dans des fauteuils rembourrés et confortables. L'une lit un roman, l'autre feuillette un magazine et la troisième écoute de la musique. Elles ont l'air calme. Adhriani dépose son livre sur ses genoux et regarde la rue Hutchison qui n'a pas beaucoup changé depuis qu'elle sautait à la corde avec Eliana. Le trottoir côté Mile End a été élargi et les arbres ont grandi, c'est tout. Une famille hassidique marche d'un bon pas vers Saint-Viateur. Sur le trottoir Outremont, juste devant elle, une vieille femme passe lentement en poussant sa marchette. Adhriani la suit du regard pendant un long moment jusqu'à ce qu'elle arrive au niveau de la Banque TD au coin de la rue Bernard et disparaisse. Adhriani regarde ses sœurs d'un œil songeur, puis droit devant elle un moment, et à nouveau ses sœurs, et éclate de rire.

Elle leur dit en grec : « On a travaillé comme des dingues, Eliana et moi, pendant des années, à se démener à cent milles à l'heure pour se faire une place au soleil et un peu d'argent. Et pourquoi ? Pour revenir exactement à la même place, sur le même balcon, à regarder la vie passer devant nous, comme si on n'était jamais parties ! C'est Xaroula qui avait raison ! » Et elle riait… « Vous ne trouvez pas, mes sœurs, que nous ressemblons aux trois Grâces ? ! La beauté, l'art, la fertilité, les trois Grâces de la mythologie grecque, c'est nous ! Xaroula, la beauté, Eliana, l'art, et moi, la fertilité ! Mes enfants ne veulent plus me voir, mais ça ne change rien, ils sont quand même sortis de mon ventre ! » Et elle riait…

Surprises par l'hilarité de leur grande sœur, Xaroula et Eliana se sont mises à rire elles aussi. Pour l'accompagner. Rire seul, parfois, fait plus mal que pleurer.

Le journal de Hinda Rochel

Aujourd'hui, j'ai eu une grosse surprise dans un sac de plastique blanc accroché à la poignée de la porte de notre maison. Je pensais que c'était un sac avec de la publicité. J'ai regardé avant d'aller le jeter au recyclage. C'était un livre. Ces enfants de ma vie. *Avec un petit garçon peint à la main et une photo de Gabrielle Roy à l'arrière. Je n'avais jamais vu Gabrielle Roy parce que sur mon* Bonheur d'occasion *que j'ai trouvé sur le trottoir ça fait deux ans, il n'y a pas de photo. Dans le sac, il y avait aussi une carte écrite à la main. Vite, j'ai ouvert mon sac d'école et j'ai tout enfoncé dedans avant que ma mère me demande ce que c'était. Je l'entendais arriver avec mon petit frère dans les bras. J'ai fait semblant que j'avais très envie et j'ai couru aux toilettes. Là, j'étais tranquille, je pouvais regarder mon livre tant que je voulais jusqu'à temps d'être obligée de sortir. Gabrielle Roy a un beau visage, mais elle est vieille. Elle ressemble à ma grand-mère mais avec de vrais cheveux. Je pensais qu'elle était aussi jeune que Florentine. Sur la carte, c'est écrit : « J'ai autant de livres que tu veux. Viens frapper chez moi. J'habite juste en face. Bonne lecture ! Françoise Camirand »*

J'ai seulement eu le temps de lire la première phrase du livre, que je connais déjà par cœur: « En repassant, comme il m'arrive souvent, ces temps-ci, par mes années de jeune institutrice, dans une école de garçons, en ville, je revis, toujours aussi chargé d'émotion, le matin de la rentrée. J'avais la classe des tout-petits. »

Gabrielle Roy, elle met beaucoup de virgules. Moi je ne sais jamais où les mettre, les virgules. Même les points je ne sais pas des fois.

Françoise Camirand

En commençant à écrire ce livre, elle pressentait que rien ne serait plus comme avant, un nouveau tournant, une nouvelle avenue. Plus elle avançait, plus l'avenue s'élargissait. « C'est pas une farce, qu'elle se disait, ma belle rue Hutchison est devenue un BOULEVARD ! » Elle pourrait travailler pendant vingt ans, et il y aurait encore matière. Sa rue pullulait de personnages. Elle en avait retenu plus d'une vingtaine.

En rêve, elle les voyait parfois s'approcher d'elle, coude à coude, marchant en cadence, une vraie petite armée, même ceux qu'elle avait laissé tomber en cours d'écriture étaient dans les rangs.

Une vingtaine de courts romans, des vies qui attendent l'œil du lecteur ou du passant…

Elle savait enfin le véritable nom de la petite juive qu'elle avait vue en rêve. Son sourire était encore plus beau dans la réalité, et ses joues étaient devenues toutes rouges, quand Hinda Rochel avait parlé de Gabrielle Roy. La surprise de Françoise avait été si grande qu'elle aussi avait rougi. En rentrant chez elle, elle était encore ébahie. Qui aurait pensé qu'une petite hassid avait lu treize fois *Bonheur d'occasion*, sûrement pas elle ! Jusque-là, elle était à peu près certaine que les hassidim ne parlaient pas français. Elle se dit que Hinda Rochel était sûrement l'exception qui confirmait la règle. Peut-être que c'était faux, qu'il y en avait beaucoup plus qu'on pensait, elle ne les avait jamais entendus.

Quoi qu'il en soit, c'était la première fois en trente-neuf ans qu'elle allait vers eux, qu'elle tentait sa chance, en quelque sorte…

Willa Coleridge

Des centaines sinon des milliers de fois qu'elle passait devant la synagogue au coin de sa rue. Centaines de fois que le désir d'y entrer la traversait, sans trouver le courage de le faire. Les hommes entraient par la grande porte qui donnait sur la rue Hutchison et les femmes, par la petite porte de côté, rue Saint-Viateur. Par la porte des hommes, ç'aurait été sacrilège, même d'oser y penser. Mais par la porte des femmes, dans sa tête du moins, c'était faisable. Sauf que le courage l'abandonnait chaque fois. Elle se disait : « Mais qu'est-ce qui pourrait m'arriver de pire ? Qu'elles m'interdisent l'entrée ? Qu'elles me jettent dehors de force ? Eh bien, je ressortirais, c'est tout. Qu'est-ce qui m'empêche d'essayer ? Au moins, essayer ! » Devant la porte interdite, ces mêmes pensées chaque fois grouillaient dans sa tête, lui chauffaient le corps et ralentissaient son pas, et elle passait son chemin... Elle s'en voulait. « Ces gens-là sont pacifiques, ils ne me feront pas de mal, alors pourquoi cette frayeur ? »

C'était samedi. Une superbe journée où chaleur, lumière et brise légère étaient calculées et dosées pour rendre joyeux. Ce qui faisait dire aux habitants de la rue Hutchison que tant qu'à avoir un juin-juillet-août pluvieux, caniculaire ou moche, aussi bien rester en mai pendant tout l'été.

Willa Coleridge sortit sur son balcon avec un café fumant à la main. Debout, adossée au mur de briques, elle huma l'air avant de s'asseoir devant sa petite table en bois écaillé. Elle laissa tomber ses trois carrés de sucre, tourna délicatement sa cuiller, et but. Le café était bon et une belle journée commençait. De l'autre côté de la rue, elle vit simultanément Xaroula Koutsoukis de biais, jambes allongées, un gros casque d'écoute sur les oreilles, et Albert Dupras qui descendait l'escalier dans son éternel bermuda kaki. À cette seconde, elle aurait pu les photographier comme elle l'avait fait souvent en pensée, sans toutefois pouvoir mettre de nom sur la photo imaginaire. Elle les avait vus souvent, l'une, assise dans son fauteuil rembourré qui avait l'air si confortable, et l'autre, descendant ou montant l'escalier avec une caisse de bières ou des journaux plein les bras. Elle les avait croisés souvent, leur avait souri – un sourire de reconnaissance entre voisins. Xaroula, avec oreillettes et iPod, esquissait un sourire timide, Albert, trop pressé et préoccupé, ne voyait pas son sourire et par conséquent n'y répondait pas.

Albert Dupras revenait presque en courant, avec un tas de journaux et de revues, et monta l'escalier. Willa souriait en se demandant ce que pouvait bien faire son voisin d'en face avec tous ces journaux. Les lire, bien sûr, mais elle avait l'impression que cet homme, qu'elle voyait toujours soit avec des journaux, soit avec des bouteilles de bière, entretenait un rapport particulier avec ces deux choses-là. Elle se demandait ce qu'il pouvait bien faire dans la vie. Il était toujours à la course, comme les hassidim, mais en plus nerveux. Quand elle rentrait du travail, tard le soir, elle le voyait sur son balcon, tranquille pour une fois, absorbé par sa lecture, une bière à la main. Il n'avait pas de femme ni d'enfants, c'est sûr, elle les aurait vus.

Elle rentra se servir un autre café et ressortit. Les trottoirs, tout à l'heure presque déserts, s'animaient. Regarder les gens en prenant son café, surtout quand il faisait beau, était pour Willa un divertissement, un besoin, un plaisir, que même une très bonne émission de télévision n'arrivait pas à égaler.

Des hommes avec leurs fils, des femmes avec leurs filles, des deux côtés de la rue, marchaient vers le sud. Des hommes avec leurs habits de satin et leurs bas blancs, certains avec un chapeau de fourrure. Tous propres et bien habillés. « C'est samedi, les hassidim vont à la messe », se dit-elle. Elle savait bien que c'était shabbat, qu'ils s'en allaient tous prier et chanter, et que ses voisins priaient souvent et beaucoup. Shabbat était leur dimanche à eux, bon, mais elle ne savait pas comment appeler la messe du samedi, leur jour béni.

Ce n'était pas l'envie de les connaître ni le désir d'en apprendre plus sur eux qui lui manquaient, bien au contraire. Mais comment?

Jusque-là, toutes ses initiatives étaient tombées à plat. Même pas un sourire de reconnaissance entre voisins. Jamais. Lire sur eux aurait été une solution, mais ce n'était pas son genre. Willa avait un penchant pour le concret, le contact direct, les gens, leurs histoires racontées de vive voix... Elle aimait toucher de ses mains, voir de ses yeux, pour vrai...

Elle se leva et vint s'appuyer sur la rambarde du balcon et regarda cet écoulement d'humains marchant sans faire de bruit, allant tous au même endroit avec détermination et plénitude. Elle les enviait. Elle aurait aimé faire partie d'une communauté, elle aussi. Bien sûr, il y avait son église, tous les dimanches. Pour les hassidim, chaque jour ressemblait à son dimanche à elle. Ils se soutenaient les uns les autres, ils avaient le même Dieu, les mêmes règles, les mêmes prières, les mêmes fêtes, les mêmes chants. Ils avaient une vie toute tracée d'avance. Épaule contre épaule. Ainsi va la vie, jusqu'à la mort, chacun soutenu par les autres, chacun soutenant ses semblables. Il n'y avait pas d'angoisse chez eux. C'est sûr, pas d'angoisse quand on sait où on va et comment y aller. La vie, la mort, c'était simple et beau. Le chemin est balisé, clair et net, on n'a qu'à le suivre. Tout est prévu pour qu'on ne se pose pas de questions. On fait ce qu'on doit faire, c'est tout. Willa était fatiguée des réponses qui changent tout le temps, comment garder la lumière, fatiguée de pédaler dans le vide, jour après jour, sans aide ni soutien, sans véritable lien, personne pour lui prendre la main, lui montrer le chemin...

En pensant à sa vie, elle continuait à regarder ce flot humain, et la cuiller à café qu'elle tenait lui glissa des mains et tomba sur le trottoir à côté d'une fille d'une douzaine d'années, qui leva la tête. Willa lui sourit pour lui signifier que c'était elle qui malencontreusement avait laissé tomber la cuiller. Et la jeune fille lui rendit son sourire. Un beau sourire. Mon Dieu. Une grande fille lui avait souri. Mon Dieu. Pas un bébé. Une presque adulte qui dans quelques années serait déjà mariée.

En vingt-cinq ans, c'était la première fois qu'une juive lui souriait.

Pour Willa, c'était un signe. La fille, accompagnée de sa mère, continua son chemin, et dans son cœur quelque chose avait bougé.

Les trottoirs s'étaient vidés. Willa rentra chez elle avec ce sourire si longtemps attendu. Ses enfants dormaient encore, vendredi était leur soir de sortie, aucun n'allait se réveiller avant une heure de l'après-midi. Elle enfila sa veste, prit son sac et descendit. Elle ramassa la cuiller, la fourra dans son sac et marcha vers Saint-Viateur.

Elle contourna la porte des hommes et continua à marcher vers la porte des femmes. Pour entrer, il fallait le code d'accès, elle le savait. Le cœur battant, elle attendit. Une femme longeait le mur du YMCA d'un pas pressé, et elle savait où cette dernière allait. Elle mesura ses pas pour arriver à la porte en même temps qu'elle. La femme tapa rapidement le code et ouvrit la porte. Sans tergiverser, Willa profita de la porte ouverte et lui emboîta le pas. La femme s'arrêta, déconcertée, et, à défaut de savoir quoi faire avec cette plantureuse femme noire qui l'avait saluée poliment en lui disant « *Shalom* », elle la laissa entrer. La femme connaissait toutes celles qui fréquentaient sa synagogue, il n'y avait pas de Noirs dans la communauté, mais que pouvait-elle faire d'autre ? Lui interdire l'entrée ? Se battre avec elle ? Elle était déjà en retard...

D'un pas rapide, la femme traversa le long couloir sans se retourner, espérant qu'on ne la verrait pas arriver avec cette goy, noire par surcroît. Willa doublait la cadence pour la suivre. La cérémonie était déjà commencée. On entendait les chants des hommes. Au bout du couloir, elles montèrent quelques marches, et Willa, comme dans un rêve, se retrouva dans la galerie des femmes. Ça ressemblait à son balcon en trois fois plus grand avec rambarde en bois et rideaux ouverts. Quelques rangées de femmes, jeunes et vieilles, assises sur des chaises droites. En contrebas, les hommes étaient debout, tassés les uns contre les autres, avec des châles de prières qu'elle avait déjà vus dans la rue. Willa s'assit à l'écart. Deux femmes chuchotaient. Deux autres avaient le fou rire. Personne n'avait remarqué sa présence. Un homme sur une petite tribune chantait seul. Willa était sonnée. Que faisait-elle là ? Puis l'homme sur la tribune se mit à parler et les hommes répondaient « Amen », le seul mot qu'elle comprenait. Willa se croyait en train de rêver. D'où lui était venu ce désir de se lier d'amitié avec ces gens-là ? Elle n'osait plus respirer ni bouger de peur que quelqu'un la remarque. Une intruse, voilà ce qu'elle était, elle avait forcé la porte de gens qui ne voulaient pas d'elle.

Assise tout près de la porte, elle aurait pu sortir sans faire de bruit. Ni vu ni connu. Mais quelque chose de plus fort qu'elle la retenait. « Qu'est-ce qui m'a pris, mais qu'est-ce qui m'a pris ? Je suis folle ou quoi ? » Voir de ses propres yeux, c'est ce qu'elle voulait. Elle n'était pas plus avancée. L'énigme des juifs hassidiques de sa rue restait entière. Qu'espérait-elle en venant ici ? Éliminer les barrières ? Comprendre. Mais comprendre quoi ? Faire partie d'une communauté fermée à double tour ?

Les prières reprirent puis les chants, mais elle n'entendait aucune femme chanter ni prier. Peut-être qu'elles priaient dans le fond de leur cœur. Elle aperçut la jeune fille qui lui avait souri tout à l'heure, qui se retourna et la vit. Saisie de frayeur, la petite devint toute rouge, se détourna vivement et baissa la tête en se renfonçant sur sa chaise comme si elle voulait disparaître.

Soudainement, Willa se sentit Noire. Pas non-juive entourée de juifs. Mais Noire dans un monde de Blancs.

Noire. Incongrue.

Le malaise de la petite juive avait réveillé en elle sa propre enfance. Son enfance, son adolescence, où la gêne ressurgissait à tout moment, quand elle s'y attendait le moins. La gêne d'être ce qu'elle était. Un combat de chaque instant. Combat de celle qui n'est jamais pareille aux autres, de celle qui doit s'excuser d'être ce qu'elle est, combat de celle qui doit toujours se répéter pour ne jamais l'oublier, pour ne pas tomber dans la haine de soi: Noir, c'est beau, aussi. Noir, c'est beau. « *Don't you ever forget, Willa, black is beautiful* », lui répétait son père.

Elle voulait disparaître.

La cérémonie était terminée. Les femmes se levèrent et s'apprêtaient à sortir. Chacune la regardait avant de sortir, sauf la femme qui l'avait laissé entrer. On chuchotait dans l'escalier et dans le couloir. Willa était frigorifiée, clouée sur sa chaise, incapable de se lever.

Une femme d'âge mûr, sans doute la femme du rabbin, ou quelqu'un d'influent dans la communauté, s'arrêta près d'elle, et lui dit: « *Shalom.* » Puis elle poursuivit en anglais: « *You're not jew, aren't you?* » Willa secoua la tête. « *Why did you come?* » dit la femme. « *To pray with you* », balbutia Willa.

Avec un visage qui révélait exactement le contraire, la femme lui dit: « *Well, come back next shabbat, if you want.* » Et, d'un geste sans équivoque, elle l'invita à s'en aller.

Willa sortit de la galerie des femmes, descendit l'escalier, longea le couloir comme une somnambule. Encore abasourdie, elle marchait sans rien voir de ce qui l'entourait. Les hommes remplissaient le trottoir de la rue Hutchison devant la synagogue. Elle les contourna en passant sur la chaussée.

Lui vint soudainement à l'esprit une pensée qui la fit sourire. Si quelqu'un arrivait chez elle et lui disait, à elle qui était Noire de naissance: « je veux devenir Noir », elle rirait, c'est certain. Si elle demandait aux juives la permission de faire partie de leur communauté, elles éclateraient de rire, c'est sûr et certain.

On ne devient pas Noir tout comme on ne devient pas hassid, elle le savait maintenant.

Françoise Camirand

Toute la journée, elle avait travaillé Marie Lajoie, un nouveau personnage, et sans doute son dernier. La première fois qu'elle l'avait vue, Françoise venait d'emménager avec sa bande de copains, elle avait seize ans. Dans son regard de jeune fille, Marie Lajoie était déjà une vieille femme – elle avait alors à peu près l'âge qu'elle-même avait aujourd'hui... Françoise souriait en y pensant.

Plus elle avançait dans le travail, plus elle l'aimait, et espérait même lui ressembler, si jamais elle atteignait un jour cet âge vénérable... Marie Lajoie avait dû être belle dans sa jeunesse ; à quatre-vingt-neuf ans, Françoise la trouvait sublime.

Elle l'avait souvent vue marcher sur le trottoir côté Outremont, d'abord sans canne, mais depuis une dizaine d'années, la canne était apparue et ne l'avait plus quittée. Marie Lajoie avait toujours été menue, et en vieillissant son corps était devenu frêle, sa tête blanche, mais son dos restait bien droit. Toujours bien mise, élégante, elle faisait sa marche quotidienne, même l'hiver, quand les trottoirs n'étaient pas glacés. Elle s'arrêtait parfois pour reprendre son souffle, parler avec un enfant, ou éviter de justesse une trottinette ou une bicyclette. Marcher sur Hutchison entre Saint-Viateur et Bernard était devenu une entreprise délicate et parfois périlleuse.

Françoise l'avait souvent vue dans les magasins des alentours, ou debout à sa fenêtre, la main posée contre la vitre ou assise sur son balcon avec son petit chapeau de paille. Maintenant qu'elle écrivait sur Marie Lajoie, lui revenaient des bribes de conversations qu'elles avaient eues à l'épicerie, à la pharmacie, ou même sur le trottoir.

Il y a un an environ, Marie Lajoie et Françoise avaient vu un piano et sa propriétaire arriver dans leur rue. Juste en face de l'appartement de Marie et à quelques maisons de chez Françoise. Les deux femmes entendaient la musique quand elles se trouvaient à l'avant de leur domicile, et plus distinctement encore l'été que l'hiver.

Comme le hasard fait souvent bien les choses, hier, de son balcon, elle vit Marie Lajoie et la pianiste marchant l'une vers l'autre sur le trottoir. La vieille dame s'arrêta un moment, sourit à la jeune femme et reprit son chemin. La musicienne lui rendit son sourire et continua à marcher. Quelques instants après, les deux femmes encore souriantes se retournèrent l'une vers l'autre, en même temps.

Une belle rencontre se préparait rue Hutchison… Françoise se mit au travail et ne lâcha son ordinateur que pour aller transpirer pour une demi-heure de cardio intensif, au YMCA. Ce qui l'aida à oublier pour un moment son personnage, qui, bien sûr, la rattrapa avant la sortie.

Ce matin, elle s'est réveillée avec, en tête, Marie Lajoie et la jeune musicienne. Elle n'a pas pris le temps de consigner son rêve comme à son habitude, la hâte de se remettre au travail l'a emportée.

Son enthousiasme n'a pas fléchi de la journée.

Marie Lajoie

Marie Lajoie avait quatre-vingt-neuf ans. Elle imaginait qu'elle avait encore quelques bonnes années devant elle. La vie des humains n'est pas éternelle, elle le savait bien, mais elle aurait aimé être l'exception. Vivre le plus longtemps et le mieux possible, et choisir le jour et l'heure de sa mort, c'était son vœu, depuis sa cinquante-sixième année.

Avant l'âge de cinquante-six ans, elle n'avait pas pleinement conscience de cette chose qu'on appelle la vie, et en plus, elle avait une peur intense de la mort. Sa peur de la mort avait une incidence directe sur sa vie. Par un subterfuge de l'inconscient, la peur de la mort – définitive et sans retour – se confondait avec toutes les peurs que l'on rencontre dans la vie : peur de risquer, de s'affirmer, de perdre, d'oser, de changer, d'agir, de souffrir. En un mot, sa peur de vivre se substituait à sa peur de mourir et prenait toute la place.

À cinquante-six ans, elle prit conscience de la mort et n'eut plus peur. Ni de la vie ni de la mort. Elle comprit qu'une mince ligne séparait la vie de la mort. Et que l'une pouvait devenir l'autre à chaque instant. Elle en fit l'expérience en rêve. Pour quelqu'un d'autre, ç'aurait pu être une chose qu'on veut oublier le plus vite possible. Mais pour Marie Lajoie, ce fut une révélation.

Dans son rêve, elle se voyait vivante, puis se voyait morte. En se réveillant, elle décrivit son rêve dans son journal et dessina les deux corps allongés côte à côte, un léger espace les séparant. Celui de gauche était vivant, celui de droite était mort. Mais ce qu'elle vit en réalité, c'était un mouvement, un déplacement du corps vivant vers la droite, et c'était fini. Il était mort. Le corps vivant changeait d'état en une fraction de seconde. Pas de douleur, pas de peur, juste un déplacement. En moins d'une seconde, la mémoire accumulée pendant les années de vie s'effaçait. Plus aucune mémoire dans le corps mort. L'âme, l'esprit, la mémoire, qui avaient imprégné le corps et l'avaient gardé vivant, s'éteignaient à jamais.

À partir de ce jour-là, elle n'eut plus jamais peur de la mort, mais elle voulait en choisir le moment. Le moment de ce déplacement sans douleur aucune.

À partir de ce jour-là, elle aima la vie de toutes ses forces. Depuis ce jour-là, la seule déesse suprême qu'elle adorait était la Vie, la vie dans toutes ses manifestations. Et la plus extraordinaire des manifestations de la vie, c'est que rien ne reste identique à ce qu'il a été, que tout se transforme et meurt.

Seul le vivant meurt.
Seul le vivant se flétrit.
Seul le vivant évolue.

Elle comprit ce jour-là qu'elle préférait l'état de vie parce que le vivant est en continuelle transformation, parce que le vivant étonne, parce que le vivant est fragile et beau et qu'il est en mouvement. L'état de mort arrête tout. Ce qui est mort ne se transforme plus. Un corps mort devient poussière et, comme disent les livres saints, l'âme attend le jugement dernier ou va au ciel, au purgatoire, en enfer, ou se réincarne, tout dépend des croyances. Croyances auxquelles elle n'adhérait pas, même si elle respectait ceux qui en avaient. Devant le gouffre, on s'accroche à ce que l'on peut.

Vivre dans notre corps de vivant avec tout ce que cela comporte de bonheur et de malheur est la seule expérience qu'il nous est donné de vivre. Une seule et unique fois.

Pour Marie, le corps mort ne peut plus descendre ou monter un escalier, ne peut plus cligner de l'œil ou sourire. Un corps mort ne peut plus danser, apprendre une nouvelle langue, écouter la musique de Mozart, Ferré ou Parker, et s'émerveiller. Ne peut plus voir la lumière du soleil se répandre sur sa table de cuisine ni lui chatouiller le visage. Un corps mort ne peut pas jouer du piano. Et Marie, elle, pouvait encore faire tout cela avec une joie de chaque instant. Une joie qu'elle sentait chaque jour plus profonde à mesure que le fil du temps s'amenuisait, à mesure qu'elle avait moins de temps à passer dans le monde des vivants.

Pour pouvoir vivre pleinement, on aurait dit qu'il fallait que cette question de la mort soit résolue. Pour passer à l'étape la plus importante de sa vie – la dernière –, il avait fallu qu'elle se débarrasse de cette peur qui lui avait gâché la vie.

Marie Lajoie n'avait plus de famille. Elle avait survécu à son mari, à ses frères et sœurs qui étaient tous morts centenaires ou presque – elle était la benjamine. Son seul enfant était décédé à l'âge de quatre ans d'une maladie inconnue à l'époque, et elle n'en avait pas eu d'autres.

Après la mort de son mari et de ses amis qui s'en allaient les uns après les autres, elle se retrouva esseulée pendant un temps. La seule personne qu'elle voyait était un jeune voisin qu'elle avait engagé pour les travaux qu'elle ne pouvait faire seule. Il habitait à trois portes de chez elle et était devenu un ami, un être cher. Julien Francoeur sera présent à sa mort, il lui tiendra la main pendant cette seconde où son cœur s'arrêtera de battre, que sa mémoire s'effacera, à jamais.

La mort viendrait quand elle l'appellerait – elle avait tout ce qu'il faut sur sa table de nuit – le jour où elle n'aurait plus le goût de la vie.

Grâce aux ateliers d'écriture qu'elle avait commencé à suivre, aux cours d'espagnol, langue qu'elle affectionnait et parlait à présent couramment, sa vie sociale avait repris, petit à petit. Elle avait maintenant des amis, et même un amoureux qui la courtisait assidûment. Tous plus jeunes qu'elle.

Elle vivait seule et en retirait une certaine fierté. Tout comme le peuple juif de la bible, élu par Dieu, elle se sentait « élue » par la Vie pour montrer au monde que la joie était possible, peu importe l'âge. Et dire que Lajoie, nom prédestiné, elle le portait depuis soixante-cinq années seulement !

Marie Latour, de son nom de jeune fille, habitait rue Hutchison depuis 1943, l'année de son mariage avec Charles-Henri Lajoie, ingénieur. Ils travaillaient tous les deux dans un gros bureau d'architectes au centre-ville de Montréal. À cette époque, la correspondance ne se faisait pratiquement qu'en anglais et Marie Latour était secrétaire bilingue. Elle parlait si bien anglais que la première fois que Charles-Henri s'était adressé à elle, il le fit dans cette langue. « Pourquoi me parlez-vous en anglais, lui avait-elle répondu avec son plus beau sourire, je m'appelle Marie Latour et, comme vous, je suis une Canadienne française. » Quand Marie se remémorait ces instants délicieux où Charles-Henri lui avait répondu tout de suite en français en rougissant et en s'excusant, elle souriait comme s'il était encore là devant elle.

« Qui gardera vivante l'image de Charles-Henri quand je ne serai plus là, qui pensera à lui ? »

Une douce mélancolie parcourait son corps menu quand elle pensait à lui, son amour, l'amour de sa vie. Quand elle était jeune, la mélancolie la tenaillait souvent et très longtemps. C'était très dur de s'arracher à cette bulle qu'elle redoutait et aimait tout à la fois. Mais en vieillissant, tout passait très vite, le très beau comme le pire.

« Qui pensera à lui ? Qui pensera à moi ? »

Pour rester un peu plus longtemps dans cette sensation qu'elle aimait retrouver, elle se mettait au piano. Depuis quelque temps, elle jouait sans partition, laissait ses doigts, sa mémoire, sa créativité aller là où ils voulaient. Elle improvisait jusqu'au moment où plus rien ne venait titiller son plaisir. Puis, elle prenait son journal intime et essayait d'écrire ce qu'elle n'avait jamais écrit. Difficile entreprise que de se renouveler, elle avait l'impression que c'était plus facile, au piano.

Elle tenait son journal depuis l'âge de quinze ans. Des boîtes de carton pleines de ses cahiers, à raison de deux ou trois par année, en soixante-quatorze ans, ça faisait beaucoup de cahiers et beaucoup de mots. Il y a quelques années, elle avait eu l'idée de les relire tous, en commençant par le premier. Des semaines à lire, à revivre sa vie en accéléré. Ça l'avait un peu déçue. Sauf les passages où vibrait l'amour, et plus tard, la mort, dans chaque mot. D'année en année, de cahier en cahier, il y avait peu d'idées nouvelles, d'émotions nouvelles. Beaucoup de rabâchage, de choses qui semblaient si importantes, et qui ne l'étaient pas, ne l'étaient plus.

Elle fut attendrie par la jeune Marie qui découvrait l'amour; par la jeune femme dans les premières années de mariage avec les petits et grands problèmes d'une vie à deux qui prenaient tant de place; elle fut envahie par la douleur de la mort de son enfant comme si cela venait tout juste d'arriver, et aussi par l'immense tristesse de celle qui perdait son mari à l'âge de soixante-quinze ans.

Le changement de ton le plus frappant était survenu dès qu'elle avait cessé de redouter la mort, après son rêve, à l'âge de cinquante-six ans.

Comme si une nouvelle vie commençait. Une nouvelle personne était apparue, qui ressemblait à Marie l'enfant curieuse de tout, et qui fonçait même si elle avait peur.

À son quatre-vingtième anniversaire, une autre surprise, au début d'un nouveau cahier : « À quoi ça sert d'être l'acteur et le seul spectateur de sa propre vie ? Qu'est-ce que je pourrais laisser de toutes ces années passées sur terre ? Toute mon expérience va mourir avec moi. Mon bonheur et ma joie vont mourir avec moi. Quoi faire pour laisser quelque chose ? Il y a beaucoup d'orgueil dans mon désir, tant de gens sont morts sans... » Jamais, dans un cahier, elle n'avait exprimé un désir de cet ordre.

Puis, elle l'oublia. Et la vie quotidienne reprit son cours. Et le temps passa, comme si c'était la seule chose qu'il savait faire.

Après son petit-déjeuner, comme tous les jours, sa méditation qui durait vingt minutes, son piano tout le temps qu'elle avait envie de jouer, une demi-heure de culture physique, comme on disait dans sa jeunesse. Puis elle se mettait debout devant la porte de son balcon qui donnait sur la rue Hutchison. S'il ne faisait pas froid, elle allait faire un tour ou sortait sur le balcon avec sa tasse de maté ou de café. Or, il faisait beau ce jour-là. De son balcon, elle vit de l'autre côté de la rue un piano attaché à des câbles que l'on hissait. Une belle grande jeune femme suivait avec fébrilité et un certain amusement le piano, qui devait atterrir sur le balcon du troisième étage. Dès que le piano fut déposé et roulé dans la maison, la jeune femme monta l'escalier à toute allure. On entendit quelques notes, puis la jeune femme sortit sur le balcon, la main sur son cœur. Pour remercier les hommes restés sur le trottoir, elle leur fit de grands gestes de reconnaissance. Elle était heureuse, et Marie Lajoie aimait déjà la nouvelle venue dans le quartier.

Les jours suivants, elle l'entendit jouer. Ce n'était pas de la musique classique, ni des airs connus, sûrement des compositions de la jeune femme. Elle chantait parfois en s'accompagnant d'une voix grave, un peu voilée, pleine de chaleur et de tendresse. La vieille dame restait plantée sur place et l'écoutait.

Marie Lajoie se mit à rêver en l'écoutant, et l'idée de laisser quelque chose d'elle à l'humanité lui revint plus fort que jamais. Elle venait de trouver ce qu'elle voulait faire : écrire des chansons.

Elle imaginait ses propres mots portés par la voix de cette jeune femme. La fin d'une vie chantée avec la voix de la jeunesse, un beau contraste et un lien superbe entre les deux versants de la vie...

Elle se mit à l'œuvre. Mais par où commencer ? Les paroles ? La musique ? Elle griffonnait quelques mots, trouvait une mélodie au piano, puis revenait aux mots. Mais ça n'allait pas. Elle avait étudié le piano pendant une douzaine d'années, mais pas la composition ; elle avait rempli des milliers de pages de journal, mais n'avait jamais écrit de poèmes, même si elle aimait en lire, ni de chansons, même si elle en écoutait depuis toujours et en connaissait des dizaines par cœur. Devenir auteure et compositrice à son âge, c'était tout un défi. Et elle voulait le relever. Elle voulait laisser au moins une chanson qui traverserait le temps. Au moins une.

Elle s'aperçut très vite qu'écrire une chanson et écrire un journal n'avaient rien à voir. La jeune femme de l'autre côté de la rue saurait y remédier, corriger ses lacunes. Elle mit de côté son journal et prit des feuilles blanches comme dans son atelier d'écriture. Elle écrivait à raison d'une ou deux heures par jour. Elle noircissait des pages, tournait autour de quelque chose, mais rien ne lui plaisait vraiment, jusqu'au moment où une phrase lui vint : *Dans ma tête oublieuse*. Elle s'arrêta et répéta la phrase. *Dans ma tête oublieuse*... Elle l'aimait, cette phrase. Elle se mit à la fredonner. Elle fit bouger ses doigts sur le piano, répéta les mots, tout en laissant ses mains se mouvoir sur le clavier... *Dans ma tête oublieuse*... Jusqu'au moment où la phrase suivante apparut... *Porteuse de mes rêves d'enfant*...

Elle alla chercher sa vieille dactylo qui n'avait pas servi depuis plusieurs années et tapa sans aucune faute et d'une seule traite, comme si quelqu'un lui dictait les mots.

Dans ma tête oublieuse
Porteuse de mes rêves d'enfant
Où chaque instant était un commencement

Dans ma tête heureuse
Amoureuse de chaque instant

À l'orée de mes quatre-vingt-dix ans
La mort à bout portant
Que puis-je laisser
En gage d'amour, d'amitié
En guise de testament
À ce monde souffrant

Le temps passe imperturbable
On a une vie, qu'une vie, une seule vie
Moins parfaite qu'un grain de sable
La souffrance nous guette, nous charrie

Le bonheur inaliénable
Est notre seul pied de nez
À la fin qui s'en vient

Souviens-toi, souviens-toi
Tout passe même l'insupportable
Le bonheur est un choix

Souviens-toi, souviens-toi
Le temps court, trop court
Le bonheur, si long parcours
Notre seul coup de pied
À la fin qui s'en vient

Souviens-toi, souviens-toi
Le temps passe imperturbable
Tout passe même l'insupportable
Le bonheur un barda un défi un choix
Et le seul pied de nez
À la mort qui s'en vient

Quand elle eut fini d'écrire, elle se relut et pleura de joie, de peine, elle ignorait pourquoi elle pleurait. Elle venait d'écrire sa première chanson au complet. Elle ne savait pas si c'était bon ou mauvais, mais peu importait, ce qu'elle venait d'écrire était important pour elle. Le frisson qui l'avait parcourue en était la preuve.

Une année s'était écoulée depuis sa première chanson. Elle allait bientôt fêter ses 90 ans et venait de vivre une année extraordinaire à écrire ses chansons avec ferveur, parfois avec joie, peine, découragement, euphorie, elle était passée par toutes les émotions. Elle en avait douze et la treizième était en chantier. Elle avait décidé de composer les mélodies seulement quand ça lui venait facilement, et de se concentrer plutôt sur les paroles.

C'est une belle journée de mai. La rue Hutchison tout en soleil, les enfants heureux de pouvoir enfin jouer en tenue légère et sans bottes encombrantes. Marie Lajoie a bien choisi sa journée. « À mon âge, se dit-elle, on a gagné le droit de ne pas se laisser faire, de vivre comme on veut et de mourir quand on veut. On a aussi le droit de demander à une jeune musicienne : « Voudrais-tu chanter mes chansons », quitte à ce qu'elle nous dise : « Va te faire cuire un œuf, la vieille ! »

Marie Lajoie monte lentement l'escalier, son sac en bandoulière bourré de ses textes, sa canne sur son bras gauche et sa main droite tenant la rampe. Elle s'arrête à la porte du troisième, écoute avec ravissement la voix de la musicienne, et dès qu'elle entend le silence, elle sonne. La porte s'ouvre. La jeune femme est d'abord surprise. Quand elle a croisé la vieille dame, elle a été émue par quelque chose d'indéfinissable dans son regard, s'est même retournée à son passage tant elle l'a trouvée gracieuse, telle une déesse d'un autre temps. Marie Lajoie se présente et lui dit qu'elle voudrait lui parler. Étonnée tout autant que touchée par la présence de la vieille dame, la musicienne lui décoche un sourire ravi, et la fait entrer en lui donnant le bras pour qu'elle puisse s'y appuyer.

Françoise Camirand

Depuis qu'elle s'était mise à tracer le portrait de certaines personnes de sa rue, devenues par le fait même des personnages, lui revenait en mémoire une courte période de sa jeunesse où elle-même avait été modèle.

À l'âge de vingt-quatre ans, elle prit la décision de voyager, la première escale serait Paris. Elle avait lu tant de romans qui se passaient dans cette ville qu'elle voulait aller voir Saint-Germain-des-Prés, le Boul'Mich, Montparnasse, la place de Fürstenberg, et les rues et quartiers qu'elle connaissait de nom. Françoise se retrouva donc à Paris, après avoir travaillé comme une déchaînée dans un resto branché pendant une année entière. Le seul avantage d'un restaurant à la mode pour une serveuse : même les clients les plus emmerdants donnaient de gros pourboires. Elle doubla ses heures de boulot, mit tout son argent de côté, elle ne sortait plus après le travail, ne buvait plus, fini les lignes de coke qui coûtaient une fortune, elle était devenue plate à mort pour ses amis, mais elle s'en fichait. Elle n'avait plus qu'une idée en tête : partir.

Après avoir déposé ses bagages au pavillon Deutsch de la Meurthe de la Cité internationale universitaire, qui prenait des « passagers » pour l'été, elle fila tout droit à Montparnasse. Excitée, nerveuse et déjà impressionnée, elle entra à La Coupole, la brasserie mythique des livres qu'elle avait lus, où des tables étaient réservées aux plus grands écrivains et peintres de Paris et d'ailleurs. Ce soir-là, elle ne vit ni Jean-Paul Sartre ni Simone de Beauvoir, mais un peintre du nom de Stefano Cataldi, accompagné de Clara, sa femme, d'une beauté à couper le souffle. Le peintre la regarda à plusieurs reprises, puis vint l'inviter à sa table. Elle hésita juste quelques instants, puis se leva. Après tout, elle était venue à Paris et à La Coupole en particulier pour rencontrer des artistes, et s'ils ne l'étaient pas, ces deux-là avaient au moins l'air sympathiques.

Ce qu'elle appellera « le premier soir de ma nouvelle vie » fut une soirée magique pleine de rires et de découvertes. Dès les premières minutes, sa timidité tombée, elle eut le sentiment de les connaître depuis toujours, et l'intuition – avérée – que cette rencontre serait marquante.

Quelques jours plus tard, commença pour elle une expérience des plus fascinantes: être modèle. Pendant six mois, elle posa quatre matinées par semaine. Ce n'était pas facile, mais elle apprit beaucoup. Sur l'art, sur la vie.

Parce que si le peintre regarde son modèle, le modèle aussi regarde le peintre…

Elle vit la force de concentration de l'artiste. Pendant quatre heures sans jamais faiblir. Un rythme soutenu qui allait même en croissant. Le souffle du peintre prenait la cadence de ses gestes.

Ses yeux changeaient du tout au tout. Il la regardait intensément jusqu'à l'intérieur d'elle. Comme s'il l'absorbait par les yeux et l'avalait en aspirant.

Quand il s'arrêtait de peindre, vers treize heures, il était fourbu. Aussi exténué qu'un ouvrier après son quart de travail sur un chantier. « Je vais parfois travailler dans la construction pour me reposer de peindre, lui avait-il dit un jour en riant, et ça marche ! »

Elle aussi était fatiguée, mais tout à fait médusée. L'immobilité était une épreuve, mais ce qui l'épuisait et l'émerveillait tout à la fois, c'était de constater l'intensité avec laquelle l'artiste gobait de son sujet vivant la part d'énergie dont il avait besoin. Même immobile, elle avait l'impression de travailler presque autant que lui.

Souvent, après les séances de travail, Cataldi invitait son modèle à La Coupole, bien entendu, puisqu'il y avait sa table. Françoise retrouvait alors ses forces, et le peintre, son sourire narquois et son irrésistible bagout avec un soupçon d'accent italien. Que de conversations passionnantes sur l'art et la vie. Indissociables, tout comme le yin et le yang, la lune et le soleil, la lumière et les ténèbres !

La jeune Françoise engrangeait…

Clara, la belle et généreuse Clara, l'avait prise sous son aile, lui faisait visiter Paris, découvrir la cuisine de tous les pays, et surtout, l'incitait à parler. Françoise était ce qu'on appelle une fille de party, elle aimait rire et s'amuser, boire, mais au fond, elle ne se confiait pas facilement, son angoisse l'étouffait, quelque chose d'innommable bouillonnait en elle. L'intelligence et la douceur de Clara allaient se révéler bénéfiques. Elle commençait à mieux voir les causes de sa dérive ainsi que les peurs et les désirs qui l'habitaient. Vers le sixième mois de son séjour à Paris, alors qu'elle se promenait avec Clara dans l'île Saint-Louis, elle prit conscience qu'affronter ses peurs pour réaliser ses désirs deviendrait un jour obligatoire. Inévitable. Elle ne pourrait pas s'en sortir sans essayer. Au moins, essayer. Un frisson d'épouvante lui parcourut tout le corps, et elle sut à ce moment précis que si elle y arrivait un jour, elle rattraperait sa vie. Sa vraie vie. Celle qu'elle voulait vivre.

Par l'entremise de Cataldi et de Clara, elle rencontra beaucoup de peintres, d'écrivains, de musiciens. Des soupers somptueux préparés par Clara, une vraie chef. Cette année-là, elle avait confié la responsabilité du restaurant qu'elle dirigeait à son assistant, ce qui lui donnait du temps pour inventer de nouveaux plats. Lors d'un de ces fameux et inoubliables repas, Françoise entendit un peintre dire à un écrivain : « Quand un peintre fait un portrait, c'est toujours lui-même qu'il peint ». Pendant que l'écrivain réfléchissait, Cataldi prit part à la conversation en acquiesçant, dans son esprit cela ne faisait aucun doute. Françoise ne comprenait pas. Elle se reconnaissait pourtant sur les toiles de Cataldi, et même quand ce n'était qu'une partie de son corps, bon Dieu, c'était elle, et personne d'autre !

Elle était jeune, et n'avait pas commencé à écrire...

C'est en écrivant ce livre – et presque après l'avoir terminé – qu'elle saisissait vraiment ce qu'elle avait entendu à l'âge de vingt-quatre ans. Si Cataldi l'avait choisie, elle, c'était sans doute qu'il pressentait en elle une partie de lui-même non encore explorée. On ne reconnaît que ce que l'on connaît déjà intérieurement, sans le savoir peut-être. Connaître, c'est naître avec.

Et c'est ce que Françoise Camirand avait fait depuis le début.

Tous les personnages esquissés étaient des parties d'elle-même. Des bouts de la vie des autres ou de sa propre vie – peu importe – qu'elle avait mis en mouvement pour mieux saisir... *la* vie.

Pendant que des feuilles toutes chaudes sortent de son imprimante, tout excitée comme si c'était la première fois, elle a envie de prendre le téléphone pour dire à Jean-Hugues : viens avec une bouteille de champagne, mon roman est terminé ! Sauf que son amoureux boude en ce moment... Et ce n'est pas difficile de savoir pourquoi. Elle n'a pas voulu discuter avec lui de ce qu'elle écrivait, et surtout, elle ne l'a pas laissé lire son manuscrit avant tout le monde. Même pas un paragraphe. C'était la première fois que ça arrivait depuis qu'ils étaient ensemble.

La première raison : son roman, très différent des précédents, elle le veut tel quel. Même avec toute la confiance qu'elle a en lui, elle avait peur qu'il s'immisce, qu'il l'influence d'une façon ou d'une autre. Sa vulnérabilité est plus grande qu'il n'y paraît. La deuxième raison : Jean-Hugues *est* dans le roman... Elle ne lui a pas encore dit, a changé son nom, bien sûr, mais tout le monde reconnaîtra son éditeur, un personnage public !

Elle ne veut pas de répliques. Si elle le lui avait permis, il aurait fallu faire de même avec la vingtaine de personnes qui l'avaient inspirée. C'était hors de question, et même impossible, dans certains cas. La justice l'a emporté, même si elle n'a servi que son appréhension. « C'est ça qui est ça ! » comme dit la chanson de Martin Léon. Quand les feuillets deviendront un livre cartonné, en bonne et due forme, elle se sentira forte, c'est ce qu'elle veut croire. Personne ne pourra plus rien y changer ! Et si Jean-Hugues refuse de la publier, elle ira ailleurs.

Pendant que les bateaux
Font l'amour et la guerre
Avec l'eau qui les broie
Pendant que les ruisseaux
Dans le secret des bois
Deviennent des rivières

Elle chante à haute voix en caressant sa rame de papier et ses personnages à travers, puis elle va se verser un verre de vin, prend un plat d'amandes salées et sort sur le balcon. On est au milieu du mois de mai. À part une interruption de deux semaines pour une tournée dans les universités du Mexique, une semaine à New York invitée par le Pen Club, quelques rencontres dans les bibliothèques de Montréal, ça fait exactement un an qu'elle a commencé à écrire sur sa rue, poussée par Hinda Rochel qui lui rendait visite nuit après nuit.

Madeleine Desrochers marche en s'appuyant sur le bras de Nzimbou, Benoît Fortin les dépasse à une vitesse folle, Chawki et Isabelle rentrent chez eux en se taquinant et en riant, quelques jeunes hassidim s'élancent comme s'ils allaient éteindre un feu quelque part, et Hinda Rochel revient de l'école.

Juste avant d'entrer chez elle, la petite juive se retourne, et voit Françoise qui lui envoie la main en souriant.

Après avoir effleuré la *mezouzah* et avant de s'engouffrer à l'intérieur, Hinda Rochel se tourne à nouveau, lève les yeux vers elle et lui sourit.

Un sourire réservé, mais beau.

TYPO
TITRES PARUS

Aquin, Hubert
Blocs erratiques (E)
Archambault, Gilles
Le voyageur distrait (R)
Asselin, Olivar
Liberté de pensée (E)
Baillie, Robert
La couvade (R)
Des filles de beauté (R)
Barcelo, François
Agénor, Agénor, Agénor et Agénor (R)
Basile, Jean
Le grand khān (R)
La jument des Mongols (R)
Les voyages d'Irkoutsk (R)
Beaulieu, Victor-Lévy
Don Quichotte de la démanche (R)
Les grands-pères (R)
Jack Kérouac (E)
Jos Connaissant (R)
Race de monde (R)
Bédard, Jean
Professeurs d'espérance (R)
Benoit, Jacques
Gisèle et le serpent (R)
Les princes (R)
Bergeron, Léandre
Dictionnaire de la langue québécoise (D)
Bersianik, Louky
Le pique-nique sur l'Acropole (R)
Bertrand, Claudine
Rouge assoiffée (P)
Bonenfant, Réjean
Un amour de papier (R)
Bonenfant, Réjean et Jacob, Louis
Les trains d'exils (R)
Borduas, Paul-Émile
Refus global et autres écrits (E)
Bouchard, Louise
Les images (R)
Bouchard, Roxanne
Whisky et paraboles (R)
Boucher, Denise
Les fées ont soif (T)
Boucher, Denise
et Gagnon, Madeleine
Retailles. Essai-fiction (E)
Bourassa, André-G.
Surréalisme et littérature québécoise (E)
Brossard, Nicole
L'amèr ou le chapitre effrité. Théorie-fiction (E)
Baiser vertige. Prose et poésie gaies et lesbiennes au Québec (A)
Le désert mauve (R)
D'aube et de civilisation (P)
Picture Theory. Théorie-fiction (E)
Brouillet, Chrystine
Chère voisine (R)
Brunet, Berthelot
Les hypocrites (R)
Le mariage blanc d'Armandine (C)
Caron, Pierre
La vraie vie de Tina Louise (R)
Chamberland, Paul
En nouvelle barbarie (E)
Terre Québec suivi de *L'afficheur hurle*, de *L'inavouable* et d'autres poèmes (P)
Champlain, Samuel de
Des Sauvages (E)
Choquette, Gilbert
La mort au verger (R)
Collectif
La nef des sorcières (T)
Nouvelles de Montréal (N)

Conan, Laure
Angéline de Montbrun (R)
Cornellier, Louis
Lire le Québec au quotidien (E)
Courtois, Charles-Philippe
La Conquête. Une anthologie (A)
Cyr, Gilles
Poèmes 1968-1994 (P)
Désautels, Michel
Smiley (R)
DesRuisseaux, Pierre
Dictionnaire des proverbes québécois (D)
Dorais, Michel
Ça arrive aussi aux garçons (E)
La mémoire du désir (E)
Dorion, Hélène
D'argile et de souffle (P)
Dubé, Danielle
Les olives noires (R)
Dubé, Marcel
Un simple soldat (T)
Dumont, Fernand
Le sort de la culture (E)
Durham, John George Lambton
Le rapport Durham (E)
Dussault, Jean-Claude
Au commencement était la tristesse (E)
Falardeau, Mira
Histoire du cinéma d'animation au Québec (E)
Falardeau, Pierre
15 février 1939 (S)
Farhoud, Abla
Le bonheur a la queue glissante (R)
Ferretti, Andrée et Miron, Gaston
Les grands textes indépendantistes (1774-1992) (E)
Ferretti, Andrée
Les grands textes indépendantistes (1992-2003) (E)
Renaissance en Paganie suivi de *La vie partisane* (R)
Ferron, Jacques
L'amélanchier (R)
Les confitures de coings (R)
Cotnoir (C)
Papa Boss suivi de *La créance* (R)
Le Saint-Élias (R)
Théâtre I (T)
Francœur, Lucien
Entre cuir et peau (P)
Gagnon, Madeleine
Le chant de la terre (P)
Le vent majeur (R)
Gagnon, Madeleine
et Boucher, Denise
Retailles. Essai-fiction (E)
Garneau, Hector de Saint-Denys
Regards et jeux dans l'espace et autres poèmes (P)
Garneau, Michel
La plus belle île suivi de *Moments* (P)
Gauvin, Lise
Lettres d'une autre. Essai-fiction (E)
Gélinas, Gratien
Bousille et les Justes (T)
Hier, les enfants dansaient (T)
Tit-Coq (T)
Giguère, Roland
L'âge de la parole (P)
Forêt vierge folle (P)
La main au feu (P)
Gilbert-Dumas, Mylène
1704. Captive des Indiens (R)
Les dames de Beauchêne, tome I (R)
Les dames de Beauchêne, tome II (R)
Les dames de Beauchêne, tome III (R)
Gill, Pauline

La jeunesse de la cordonnière (R)
La cordonnière (R)
Le testament de la cordonnière (R)

Godin, Gérald
Cantouques & Cie (P)

Godin, Marcel
La cruauté des faibles (N)

Grandbois, Alain
Les îles de la nuit (P)

Graveline, Pierre
Une histoire de l'éducation et du syndicalisme enseignant au Québec (E)

Grelet, Nadine
La fille du Cardinal, tome I (R)
La fille du Cardinal, tome II (R)
La fille du Cardinal, tome III (R)

Hamelin, Jean
Les occasions profitables (R)

Harvey, Jean-Charles
Les demi-civilisés (R)

Hémon, Louis
Maria Chapdelaine (R)

Hénault, Gilles
Signaux pour les voyants (P)

Jacob, Louis et Bonenfant, Réjean
Les trains d'exils (R)

Jacob, Suzanne
Flore Cocon (R)

Jasmin, Claude
La petite patrie (R)
Pleure pas, Germaine (R)

Laberge, Albert
La Scouine (R)

Lacombe, Diane
Le clan de Mallaig, tome I. L'Hermine (R)
Le clan de Mallaig, tome II. La châtelaine (R)
Le clan de Mallaig, tome III. Sorcha (R)

Laferrière, Dany
Comment faire l'amour avec un Nègre sans se fatiguer (R)
Éroshima (R)
Je suis fatigué (R)
L'odeur du café (R)

Lalancette, Guy
Un amour empoulaillé (R)

Lalonde, Robert
La belle épouvante (R)

Lamoureux, Henri
L'affrontement (R)
Les meilleurs d'entre nous (R)

Langevin, Gilbert
PoéVie (P)

Lapierre, René
L'imaginaire captif. Hubert Aquin (E)

Lapointe, Paul-Marie
Pour les âmes (P)
Le vierge incendié (P)

La Rocque, Gilbert
Après la boue (R)
Corridors (R)
Les masques (R)
Le nombril (R)
Le passager (R)
Serge d'entre les morts (R)

Lasnier, Rina
Présence de l'absence (P)

Latraverse, Plume
Tout Plume (... ou presque) (P)

Leblanc, Louise
37 ½ AA (R)

Lejeune, Claire
L'atelier (E)

Lelièvre, Sylvain
Le chanteur libre (P)

Lévesque, Raymond
Quand les hommes vivront d'amour (P)

Lévesque, René
Option Québec (E)

Maheux-Forcier, Louise

Vallières, Pierre
Nègres blancs d'Amérique (E)
Viau, Roger
Au milieu, la montagne (R)
Villemaire, Yolande
La constellation du Cygne (R)
Meurtres à blanc (R)
La vie en prose (R)
Villeneuve, Marie-Paule
L'enfant cigarier (R)
Warren, Louise
Bleu de Delft. Archives de solitude (E)
Interroger l'intensité (E)
Une collection de lumières (P)

(A) : anthologie ; (C) : contes ; (D) : dictionnaire ; (E) : essai ; (N) : nouvelles ; (P) : poésie ; (R) : roman ; (S) : scénario ; (T) : théâtre

MARQUIS
Marquis imprimeur inc.

Québec, Canada
2012

Cet ouvrage composé en Sabon corps 10 a été achevé d'imprimer au Québec
le sept août deux mille douze sur papier Enviro 100 % recyclé
pour le compte des Éditions Typo.

100%

BIO GAZ
ÉNERGIE